# NOS JEUNES

*Récits en deux parties*

ALEXANDRE SOLJÉNITSYNE

# *Nos jeunes*

Récits en deux parties

TRADUITS DU RUSSE PAR GENEVIÈVE ET JOSÉ JOHANNET

FAYARD

ISBN : 978-2-253-11842-8 – 1re publication LGF

# Nos jeunes

# 1

C'était l'oral de résistance des matériaux.

Anatoli Pavlovitch Vozdvijenski, ingénieur et maître de conférences à la Faculté de construction des ponts, voyait que l'étudiant Konopliov, cramoisi, souffrant, laissait passer son tour de venir répondre. Il finit quand même par s'approcher d'un pas lourd : ce fut pour demander à voix basse s'il ne pouvait pas avoir d'autres questions. Anatoli Pavlovitch considéra son visage, son front bas tout en sueur, le regard implorant, plein de détresse de ses yeux clairs – et accéda à sa demande.

Mais, environ une heure et demie plus tard, alors que plusieurs autres étudiants étaient encore venus se faire interroger et qu'il n'en restait plus que quatre en train de préparer, Konopliov était parmi eux, peut-être encore plus empourpré – et toujours pas disposé à passer.

Il attendit ainsi jusqu'à rester le dernier. Le professeur et lui se retrouvèrent seuls dans la salle.

— Allons, Konopliov, il faut venir », dit Vozdvijenski, sans humeur mais avec fermeté. Il était clair que celui-là ne savait strictement rien. La feuille étalée devant lui portait des gribouillis qui ressemblaient fort peu à des formules et à des croquis.

Le garçon aux larges épaules se leva, le visage couvert de sueur. Mais, au lieu d'aller au tableau traiter son sujet, il gagna d'un pas embarrassé le premier rang, se laissa tomber derrière la table la plus proche du bureau et dit en toute simplicité, en toute franchise :

— C'est trop dur, Anatoli Palytch, on s'y casse les méninges.

— Il fallait travailler régulièrement.

— Mais comment y arriver, Anatoli Palytch ? C'est dans chaque matière et tous les jours qu'on nous en dit une tonne. Vous pouvez me croire, je ne m'amuse pas, je passe les nuits dessus, mais ça ne me rentre pas dans la tête. Encore, si on nous en donnait un peu moins, à petites doses... Mais là, mon cerveau n'y arrive pas, il n'est pas fait pour ça.

Ses yeux avaient un regard honnête et sa voix était sincère : il ne mentait pas, ce n'était pas du tout le genre à faire la noce.

— Vous venez de la Faculté ouvrière ?

— Oui.

— Et combien d'années d'études y avez-vous fait ?

— Deux ans en accéléré.

— Et avant la Faculté ouvrière ?

— J'étais à l'usine « Krasny Axaï ». Étameur.

Un gros nez large dans un visage à forte ossature, des lèvres épaisses.

Ce n'était pas la première fois que Vozdvijenski se posait la question : pourquoi plongeait-on ce type de garçon dans de tels tourments ? Il n'y avait qu'à laisser celui-là étamer tranquillement ses casseroles.

— Je comprends votre situation, mais je ne peux rien faire pour vous. Je suis forcé de vous mettre « non satisfaisant ».

Cela, Konopliov n'en était pas convaincu. Au lieu de sortir de sa poche son carnet de résultats pour le tendre au professeur, il posa – comme deux pattes – ses deux mains sur sa poitrine :

— Anatoli Palytch, je ne peux absolument pas repartir avec ça ! D'abord, on me réduirait ma bourse. Et le komsomol se mettrait après moi. Et puis, de toute façon, jamais je ne réussirai à l'avaler, la résistance des matériaux. Alors, déjà que je suis les racines à l'air, mal dans ma peau – où voudriez-vous que j'aille maintenant ?

Oui, tout cela était clair.

De nombreux étudiants issus des Facultés ouvrières vivaient ainsi « les racines à l'air ». Les autorités avaient certainement réfléchi avant de les faire passer dans l'enseignement supérieur. Et sans doute avaient-elles prévu un cas comme celui-ci. L'administration recommandait en effet ouvertement aux professeurs de se montrer moins exigeants avec cette catégorie d'étudiants. C'était toute une politique destinée à faire accéder les masses au savoir.

Réduire ses exigences, oui : mais jusqu'à quel point ? D'autres étudiants issus de la Faculté ouvrière avaient passé leur oral aujourd'hui, et Vozdvijenski s'était effectivement montré indulgent à leur égard. Mais on ne pouvait quand même pas aller jusqu'à l'absurde ! Comment mettre « satisfaisant » à quelqu'un qui ne savait absolument rien ? Que restait-il, à ce moment-là, de tout le travail du professeur et quel sens gardaient les études ? Que ce garçon commence à exercer le métier d'ingénieur et il serait vite évident qu'il ignorait tout de la résistance des matériaux.

Vozdvijenski dit : « Non, je ne peux pas. » Et il le répéta une seconde fois.

Mais Konopliov le suppliait, presque les larmes aux yeux, des larmes pourtant dures à venir chez un garçon aussi fruste.

Et Anatoli Pavlovitch finit par penser : si les autorités tiennent tellement à leur politique alors qu'elles savent sur quoi, sur quelle absurdité elle débouche – pourquoi devrais-je être plus scrupuleux qu'elles ?

Il sermonna Konopliov. Lui donna des conseils : varier les méthodes de travail, lire tout haut pour mieux assimiler. Lui expliqua comment faire pour reconstituer ses forces intellectuelles.

Puis il prit le livret de résultats. Poussa un profond soupir. Traça lentement *« sat. »* et signa.

Rayonnant, Konopliov bondit sur ses pieds :

— Jamais je n'oublierai ça, Anatoli Palytch ! Les autres matières, j'arriverai peut-être à m'en tirer, mais la résistance des matériaux, c'est drôlement tordu.

L'Institut des ponts et chaussées était situé dans la banlieue de Rostov, et Anatoli Pavlovitch avait un long trajet à faire pour rentrer chez lui.

Le tramway donnait l'occasion de constater à quel point l'allure générale des gens s'était simplifiée. Anatoli Pavlovitch portait un complet modeste et qui était loin d'être neuf, mais tout de même avec col blanc et cravate. Alors que certains professeurs de l'Institut arrivaient exprès vêtus d'une simple chemise russe flottant sur le pantalon et serrée à la taille par une petite ceinture. L'un d'eux profitait même du printemps pour venir les pieds nus dans des sandales. Et personne ne s'en étonnait, car cela s'accordait à la couleur du temps. L'époque allait dans ce sens et lorsque les femmes des *nepmans*[1] se mettaient sur leur trente et un, cela agaçait maintenant tout le monde.

Anatoli Pavlovitch arriva juste pour le déjeuner. Sa bouillante épouse, la très chère Nadia, était actuellement à Vladicaucase, chez leur fils aîné, lui aussi ingénieur des ponts et chaussées, qui venait de se marier. Une cuisinière venait chez les Vozdvijenski trois fois par semaine, aujourd'hui elle n'était pas là. Mais Liolka s'activait pour faire manger son père. Elle avait déjà mis le couvert, de part et d'autre d'une branche de lilas, sur la table carrée en bois de chêne. Pour le petit gobelet d'argent qu'il tenait à vider chaque jour, elle apportait maintenant un carafon de vodka pris dans la glacière. Et elle avait fait réchauffer et servait dans les assiettes une soupe aux *kluskis*.

Dans sa classe de huitième[2], elle travaillait très bien en physique, chimie, mathématiques, et se montrait excellente en dessin industriel : sa voie toute tracée semblait donc être l'institut où enseignait son

1. Les nouveaux riches apparus à la faveur de la NEP, la Nouvelle politique économique décrétée par Lénine en avril 1921. *(NdT.)*

2. L'équivalent de notre classe de première. *(NdT.)*

père. Mais un décret qui datait déjà de quatre ans, de 1922, imposait un filtrage à l'entrée : nombre d'admissions strictement limité pour les personnes qui n'étaient pas d'origine prolétarienne, et obligation pour les diplômés de l'enseignement secondaire qui n'étaient pas envoyés par le parti ou le komsomol de produire un certificat de loyalisme politique. (Le fils de Vozdvijenski avait eu la chance d'intégrer un an avant le décret.)

En attendant, impossible d'oublier l'appréciation imméritée qu'il avait inscrite dans ce carnet de résultats : elle lui restait sur le cœur.

Il questionna Liolia sur son école. Tout l'établissement (il portait le nom de Zinoviev, mais on l'avait effacé de la plaque) était encore sous le coup d'un suicide récent : à quelques mois de la fin de ses études, un élève de terminale, Micha Dérévianko, s'était pendu. L'enterrement avait été expédié à la sauvette et, aussitôt, des réunions, des *séances de redressement* avaient commencé dans toutes les classes : cette affaire était le fruit de l'individualisme bourgeois et d'un décadentisme vulgaire ; Dérévianko était une tache de rouille dont tous devaient travailler à se débarrasser. Mais Liolia et ses deux amies tenaient pour leur part que Micha avait été poussé à bout par la cellule du komsomol de l'école.

Elle ajoutait aujourd'hui que ce n'était plus une rumeur, mais une certitude : Malévitch, leur directeur adoré de tous, un vieux professeur des lycées de jadis qui avait réussi à se maintenir en place durant toutes ces années et dont la douce sévérité faisait fonctionner l'école dans un ordre parfait – Malévitch allait *sauter*.

Liolia alla prestement chercher sur le réchaud le bœuf Stroganoff, puis ils burent du thé accompagné de gâteaux.

Le père regardait sa fille avec tendresse. Comme elle redressait fièrement sa tête aux cheveux châtains ondulés – ils avaient échappé à la mode de la coupe courte –, et comme son regard était intelligent ! En plissant légèrement le front, elle formulait ses jugements avec netteté.

Comme souvent chez les jeunes filles, son visage renfermait un beau mystère : celui de son avenir. Mais c'était surtout à ses parents que ce mystère serrait le cœur : allaient-ils voir, dans cet avenir encore caché à tous, le couronnement, ou, au contraire, l'échec de tant d'années de soins pour sa croissance et son éducation ?

— Malgré tout, malgré tout, Liolenka, tu ne pourras pas te dispenser d'entrer au komsomol. Il ne te reste plus qu'un an et tu ne dois pas risquer l'échec. Pense que si on refuse de te prendre à l'Institut, même moi, je n'y pourrai rien.

— Je ne veux pas ! » Elle secoua la tête en dérangeant sa coiffure. « Le komsomol est une saleté. »

Anatoli Pavlovitch soupira encore.

— Tu sais, plaida-t-il avec douceur, totalement convaincu lui-même de ce qu'il disait, la jeunesse actuelle doit quand même avoir sa vérité à elle, que nous ne saisissons pas. Il ne peut en être autrement.

L'intelligentsia ne s'était tout de même pas trompée depuis trois générations en rêvant de faire accéder le peuple à la culture, de libérer ses énergies. Bien sûr, tout le monde n'avait pas la force d'effectuer ce bond, cette ascension. On en voyait qui se torturaient le cerveau et chancelaient moralement, tant le développement intellectuel est difficile en l'absence de tradition familiale. Mais il fallait, il fallait les aider à se mettre à la hauteur en supportant patiemment leurs initiatives parfois maladroites.

— Reconnais tout de même qu'ils possèdent un optimisme remarquable et une enviable puissance de foi. Et puis, c'est dans ce courant-là que tu es destinée à nager, tu ne peux pas rester en arrière. Autrement, ma petite fille, tu risques, comme on dit, de passer à côté de ton époque. Car, en dépit des balourdises, des inepties, des lenteurs, c'est quelque chose de grandiose qui est en train de se bâtir. Le monde entier, toute l'intelligentsia de l'Occident nous regardent en retenant leur souffle. Parce qu'en Europe non plus les gens ne sont pas idiots.

Ainsi débarrassé de la résistance des matériaux, Liochka Konopliov se joignit volontiers, le soir venu, à ses camarades qui se rendaient à la Maison de la culture du Soviet de rayon. Outre les membres du komsomol, tous les jeunes sans-parti qui le désiraient y étaient conviés : un conférencier venu de Moscou devait parler de « Notre jeunesse devant les tâches qui l'attendent ».

La salle, faite pour environ six cents personnes, était comble, et il y avait encore des auditeurs debout.

Beaucoup de rouge : au fond de la scène, deux drapeaux brodés d'or déployés et inclinés l'un vers l'autre ; devant eux, sur un support, un grand buste de Lénine couleur de bronze. Les jeunes filles avaient un foulard rouge autour du cou et parfois aussi un fichu rouge sur la tête ; les chefs de détachements de pionniers arboraient leurs cravates rouges et certains avaient amené quelques-uns de leurs garçons parmi les plus âgés : ils étaient assis à côté d'eux.

Oui, c'est cela, nous, les jeunes : tous unis ici en un bloc d'amis, même si nous ne nous connaissons pas. Tous d'accord, tous pour la même cause, c'est nous. Comme on dit : les bâtisseurs d'un Monde nouveau. Et trois fois plus fort en est chacun.

Ensuite, trois clairons apparurent sur le devant de l'estrade, avec de petites serviettes rouges pendues à leurs instruments. Deux d'entre eux s'écartèrent en en laissant un au milieu, et ils sonnèrent le rassemblement.

Ce fut comme un coup de cravache ! Il y avait quelque chose d'envoûtant dans cette fusion solennelle des drapeaux inclinés, du Lénine de bronze, des clairons argentés, de leur voix coupante et de la fière attitude des trois garçons. Un appel austère, un dur serment qui vous brûlait.

Les clairons repartirent de leur pas militaire et le conférencier déboula sur la scène : un petit homme replet aux mains toujours en mouvement. Sans papier, en tirant tout de sa tête, il se mit à parler depuis son petit pupitre : rapidement, avec assurance et insistance.

Il dit d'abord que les grandes années de la Révolution et de la Guerre civile avaient empli le cœur des jeunes d'un contenu tumultueux, mais les avaient en même temps déshabitués des tâches quotidiennes.

— Le retour à ces tâches a été dur pour eux. Les émotions propres au matériau spécifique de la révolution frappent l'adolescence avec une force particulière. Certains ont l'impression que la vie serait plus gaie si une vraie révolution se déclenchait à nouveau : ils sauraient tout de suite que faire et où aller. Poussons, secouons, dynamitons ! – ou alors, pensent-ils, à quoi bon avoir fait Octobre ? Prenez la Chine : la révolution devrait y éclater, pourquoi tarde-t-elle ? Vivre et combattre pour la Révolution mondiale, voilà ce qui est bien – mais on nous oblige à nous occuper de bêtises : à quoi ça avance, les théorèmes de géométrie ?

Ou la résistance des matériaux. Comme il serait plus facile de faire bouger ces jambes, ces bras, ce dos engourdis !

Mais non, pas question, expliquait le conférencier. Et, sortant de derrière son pupitre, il se propulsait d'un bout à l'autre de l'estrade, tant il était pris lui-même par son sujet.

— Il faut bien comprendre le moment que nous vivons, il faut s'en pénétrer. Notre jeunesse est la plus heureuse qu'ait jamais connue l'histoire de l'humanité. Elle occupe dans la vie une position active, un poste de combat. Ce qui la caractérise, c'est d'abord l'athéisme. Elle se sent totalement débarrassée de tout ce qui n'est pas scientifique, et cela libère de gigantesques réserves d'audace et de soif de vivre retenues jusqu'ici captives par la bondieuserie. Sa deuxième caractéristique est l'avant-gardisme, joint au planétarisme : elle veut devancer son époque, en sachant qu'amis et ennemis la regardent.

Et sa tête ronde décrivait un grand arc de cercle, comme s'il cherchait à voir tous ces amis et surtout ces ennemis tapis au-delà des mers.

— C'est la mort de l'esprit de clocher, car chaque détail, notre jeunesse le regarde en pensant au monde entier... Troisième caractéristique : un esprit de classe sans faille, impliquant le renoncement nécessaire, même s'il est provisoire, au « sens de l'humain en général ». Et ensuite, l'optimisme !

Il avança jusqu'au bord de l'estrade et, sans crainte de tomber, il se pencha autant qu'il put vers ses auditeurs :

— Comprenez ! Vous êtes la jeunesse la plus riche en joie qui soit au monde ! Quel tonus inébranlable vous possédez !

Il courut à nouveau d'un bout à l'autre de l'estrade, mais sans ralentir pour autant son débit :

— Et, en plus, vous êtes avides de connaissances. Et vous savez organiser scientifiquement le travail. Et vous aspirez à rationaliser également vos propres processus biologiques. Et vous vous ruez au combat avec quel élan ! Et vous ambitionnez le rôle d'entraîneurs d'hommes. Enfin, votre fraternité de classe, qui est organique, sert de base à notre collectivisme, un collectivisme si bien entré dans les mœurs que le groupe intervient jusque dans la vie intime de ses membres. Ce qui est justifié !

Malgré les manières plutôt bizarres du conférencier, personne ne pensait à rire. Pas de chuchotements non plus, on écoutait de toutes ses oreilles. Cet homme aidait les jeunes à se comprendre eux-mêmes : il faisait œuvre utile. Il s'échauffait, levant tantôt l'un de ses petits bras courts et tantôt les deux, en signe d'appel et pour mieux convaincre.

— Notre jeunesse féminine aussi, regardez-la tandis qu'elle prend conscience de la puissance du socialisme que nous sommes en train de créer... Il n'a pas fallu longtemps à la femme pour conquérir sa liberté intime, pour réaliser sa libération sexuelle. Et elle exige maintenant de l'homme une révision de leurs rapports, ou même brise de sa propre initiative l'inertie esclavagiste du sexe masculin, ce qui fait pénétrer jusque dans la morale sexuelle l'air frais de la révolution. Ainsi voyons-nous s'opérer jusque dans ce domaine la recherche et la découverte d'une résultante révolutionnaire : il s'agit de lancer notre vieux fonds d'énergie vitale sur les rails de la création d'une nouvelle société.

Il avait fini. Sans fatigue : on voyait qu'il avait l'habitude. Il regagna son pupitre :

— Que désirez-vous me demander ?

Les questions commencèrent : criées depuis la salle ou inscrites sur de petits billets qu'on lui apportait.

Il s'agissait surtout de la libération sexuelle. Mais un garçon, vraiment le frère de Konopliov, lança que c'était facile à dire, « grandir de dix ans en l'espace de deux années », mais qu'à un rythme pareil, on avait le cerveau qui éclatait.

Ensuite les pionniers s'enhardirent et se mirent eux aussi à poser des questions :

— Une pionnière peut-elle porter un ruban dans les cheveux ?

— Et se mettre de la poudre, elle peut ?

— D'un mauvais père et d'un bon pionnier, lequel doit obéir à l'autre ?

## 2

En 1928, déjà, l'« Affaire de Chakhty[1] », qui s'était déroulée si près de Rostov, avait fortement effrayé les ingénieurs locaux. Et ensuite, c'est dans la ville même que les gens avaient commencé à *disparaître*.

On ne s'y était pas habitué tout de suite. Avant la révolution, une personne arrêtée continuait à vivre : derrière les barreaux ou en relégation, elle restait en rapport avec sa famille, avec ses amis – tandis que là ? Un plongeon dans le néant...

En septembre 1930, la condamnation à mort de quarante-huit « nuiseurs qui sabotaient le ravitaillement de la population en produits alimentaires » roula comme le tonnerre à travers le pays. Les journaux publièrent des « réactions du monde ouvrier » : « Les nuiseurs doivent être balayés de la surface de la terre ! » ; en première page des *Izvestia*, un dessin appelait à « écraser cette vermine ! » (à coups de

1. Chakhty : grande ville minière du Donbass, à une centaine de kilomètres de Rostov-sur-le-Don, où se déroula de mai à juillet 1928 le premier grand procès collectif (53 accusés) d'ingénieurs accusés de « nuisance » (le terme lui-même apparut au cours de ce procès).

botte) et le prolétariat exigeait que l'Oguépéou fût décoré de l'ordre de Lénine.

En novembre, l'acte d'accusation du « Procès du Parti Industriel[1] » fut publié : c'est toute la corporation des ingénieurs qu'on prenait cette fois directement à la gorge. Et des formules à glacer le sang déferlèrent à nouveau dans les journaux : « agents de l'intervention française et des émigrés blancs » ; « nettoyons le pays de ces traîtres avec un balai de fer ! ».

Impuissants, ils sentaient leur cœur se serrer. Mais pas question non plus de confier sa peur à n'importe qui, il fallait bien se connaître, comme Anatoli Pavlovitch connaissait par exemple, depuis près de dix ans, Friedrich Albertovitch.

Le jour où s'ouvrit le procès du Parti Industriel, une manifestation qui dura quatre heures se déroula dans la ville de Rostov : tous les accusés au poteau ! Ce fut répugnant, insupportable. (Vozdvijenski avait réussi à trouver une échappatoire pour ne pas y aller.)

Jour après jour, la même oppression, les mêmes ténèbres dans la poitrine. Et, de plus en plus fort, le pressentiment d'un malheur inéluctable. Qu'avaient-ils pourtant à se reprocher ?... Depuis l'instauration du régime soviétique, ils avaient toujours travaillé avec enthousiasme, avec inventivité, avec foi – gênés

1. Le procès du Parti Industriel (Moscou, novembre-décembre 1930) fut un grand spectacle au cours duquel 8 ingénieurs choisis pour représenter chacun une branche de l'industrie se reconnurent coupables d'avoir cherché à ruiner le pays et d'avoir préparé une intervention étrangère. Le modèle ainsi posé, une vague de procès pour « nuisance » déferla sur tout le pays.

à chaque pas par une seule chose : la bêtise et la négligence des directeurs imposés par le parti.

Deux mois à peine après le procès, on *vint chercher* une nuit Vozdvijenski.

Alors commença un inconcevable délire cauchemardeux qui devait se poursuivre durant de nombreux jours et de nombreuses nuits. Depuis le corps mis à nu, les boutons coupés sur les vêtements et les semelles des chaussures transpercées par une alène, jusqu'au sous-sol sans air, étouffant, saturé de respirations, qui n'avait, en guise de fenêtres, que des carrés opaques de verre à bouteille incrustés dans le plafond, si bien que jamais il n'y faisait jour, et où les prisonniers dormaient par terre dans une cellule sans lits, à même des planches posées sans être fixées les unes aux autres sur le sol de ciment, tous ahuris par le manque de sommeil dû aux interrogatoires nocturnes, ceux-ci couverts de bleus depuis un passage à tabac, ceux-là les mains trouées par des brûlures de cigarette, certains silencieux, d'autres lancés dans des récits à demi fous – et Vozdvijenski jamais convoqué nulle part, jamais touché du bout du doigt, mais dérivant déjà dans sa tête et incapable de comprendre ce qui lui arrivait, de le relier d'une manière ou d'une autre avec sa vie d'avant, hélas si irrémédiablement perdue ! Sa mauvaise santé lui avait évité de combattre contre l'Allemagne, il n'avait pas été enrôlé non plus pendant la Guerre civile, pourtant passée en tempête à travers la région de Rostov-Novotcherkassk, il n'avait connu pendant un quart de siècle qu'un travail intellectuel au rythme régulier, et il devait maintenant sursauter à chaque fois que la porte s'ouvrait, de jour ou de nuit, en redoutant que ce fût son tour ? Non, il n'était pas prêt à supporter la torture !

Cependant, on ne l'appelait toujours pas. Et tout le monde s'étonnait dans la cellule – dont on avait fini par comprendre qu'elle servait autrefois d'entrepôt, les carrés de verre à bouteille du plafond faisant partie du trottoir de la rue principale de la ville : les piétons insouciants, pas encore marqués par le destin pour échouer dans ce sous-sol, marchaient sans fin là-haut, et la terre transmettait des vibrations au passage des tramways.

On ne l'appelait pas. Et tous s'étonnaient : un nouveau était toujours cuisiné dur à sa première arrestation.

Peut-être était-ce vraiment une erreur ? Peut-être allait-il être relâché ?

Mais, au bout d'un certain nombre de jours – il en avait perdu le compte –, on vint le chercher : « Les mains derrière le dos ! », et un surveillant aux cheveux noirs comme le charbon lui fit monter des marches, encore des marches, jusqu'au niveau du sol ? non, plus haut encore, jusque dans les étages, en claquetant sans cesse avec sa langue comme un oiseau inconnu.

Le commissaire-instructeur, en uniforme du Guépéou, était assis à un bureau dans un coin sombre ; impossible de distinguer ses traits ; on voyait seulement que c'était un homme jeune, avec une grosse figure. Sans prononcer une parole, il indiqua du geste une minuscule table située dans le coin opposé, en diagonale. Et Vozdvijenski se retrouva sur une petite chaise étroite, face à la grisaille d'une fenêtre lointaine ; la lampe du bureau n'était pas allumée.

Il attendit, le cœur défaillant. L'instructeur écrivait en silence.

Enfin il lança d'un ton sévère :

— Racontez votre activité de *nuisance.*

L'ahurissement l'emporta en Vozdvijenski sur la peur.

— Jamais il n'y a rien eu de semblable dans ma vie, je vous assure ! » Et il aurait voulu ajouter cet argument de raison : comment un *ingénieur* pourrait-il saboter quoi que ce soit ?

Mais depuis l'affaire du Parti Industriel...

— Si, si, racontez.

— Mais il n'y a jamais rien eu et il ne pouvait rien y avoir !

L'instructeur continuait à écrire, sa lampe toujours éteinte. Sans se lever, il dit d'une voix dure :

— Vous avez bien ouvert les yeux dans votre cellule ? Sachez que vous n'avez pas encore tout vu. On peut vous laisser à même le ciment, sans planches. Ou vous jeter dans une fosse humide. Ou vous mettre sous une ampoule de mille bougies, et vous en sortirez aveugle.

Vozdvijenski soutenait des deux mains sa tête prête à s'affaisser. Tout cela, oui, ils le feraient. Et comment résister ?

Cette fois, l'instructeur alluma sa lampe de bureau, se leva, fit fonctionner également l'interrupteur du plafonnier et se planta au milieu de la pièce en regardant le prévenu.

Malgré l'uniforme du Guépéou, il avait vraiment un visage très simple. Forte ossature, petit nez épais, grosses lèvres.

Et d'une voix toute nouvelle :

— Anatoli Palytch, je comprends parfaitement que vous n'avez pas commis d'actes de nuisance. Mais, à votre tour, vous devez comprendre une chose : *de cet endroit*, personne ne sort blanchi. On n'a le choix qu'entre la balle dans la nuque et la peine de camp.

Ce ne sont pas ces paroles cruelles qui frappèrent de saisissement Vozdvijenski : ce fut la voix bienveillante de l'instructeur. Il scruta son visage et eut l'impression du déjà-vu. Une certaine simplicité naïve. Il avait rencontré cet homme-là quelque part ?

L'instructeur se tenait toujours debout en pleine lumière au milieu de la pièce. Sans dire un mot.

Oui, il l'avait déjà vu. Mais le souvenir lui échappait.

— Konopliov, vous ne vous rappelez pas ?

Ah, Konopliov ! Mais oui, bien sûr ! Celui qui était nul en résistance des matériaux. Il avait disparu ensuite de la faculté.

— Effectivement, je n'ai pas terminé mes études. Le komsomol m'a désigné pour entrer au Guépéou. J'y suis depuis trois ans.

Et alors, à présent ?

Ils bavardèrent un moment. Avec tout le naturel de gens normaux. Comme dans l'*autre* vie, celle d'avant le cauchemar. Puis Konopliov dit ceci :

— Anatoli Palytch, le Guépéou ne fait jamais d'erreurs. Personne ne peut être simplement remis en liberté. Je voudrais vous aider, mais je ne sais comment faire. Réfléchissez de votre côté. Il faut échafauder quelque chose.

C'est avec un espoir neuf que Vozdvijenski regagna son sous-sol.

Mais aussi avec un tournoiement noir dans la tête. Il se sentait incapable de rien *échafauder*.

Alors, ce serait le camp ? Les Solovki ?

La sympathie de Konopliov l'avait stupéfié et réchauffé. Trouver cela dans *ces* murs ? Dans *cette* fonction ?

Il réfléchissait à ces jeunes poussés en avant par les Facultés ouvrières. Jusque-là, ils lui étaient apparus sous un autre jour : c'est un homme suffisant et grossier qu'il avait lui-même comme supérieur dans son travail d'ingénieur. Et dans l'école où Liolka avait fait ses études, c'est un ignorant obtus qui avait été nommé à la place du talentueux Malévitch.

Les poètes l'avaient bien pressentie et prédite, longtemps avant la révolution, l'arrivée de ces nouveaux *Huns*...

Encore trois jours dans la cellule souterraine, sous les pieds des passants inconscients, et Konopliov le convoqua à nouveau.

Vozdvijenski n'avait toujours pas trouvé d'idée.

— Mais il le faut ! insista Konopliov. Vous êtes coincé. Ne me contraignez pas, Anatoli Palytch, à *prendre des mesures*. Ou alors, on vous changera d'instructeur, et à ce moment-là vous êtes perdu.

En attendant, il le fit transférer dans un meilleur

endroit : moins humide et avec des châlits pour dormir. Il lui donna du tabac à fumer dans sa cellule et l'autorisa à recevoir un colis de chez lui.

La joie du colis, ce n'était même pas la nourriture et le linge propre, c'était de faire savoir à sa famille : je suis *ici* ! et toujours en vie ! (La signature du prisonnier sur l'inventaire du colis était transmise à sa femme.)

Konopliov le convoqua encore et encore, ressassant ses arguments.

Mais comment cracher sur le travail qu'on a accompli pendant vingt ans avec zèle et passion ? Cracher sur soi-même, sur le fond de son âme ?

Cependant, Konopliov disait : étant donné l'absence de *résultats*, l'instruction va être incessamment confiée à quelqu'un d'autre.

Et, un jour, il annonça :

— J'ai eu une idée. Et j'ai tout mis au point avec les instances concernées. Vous avez un moyen de sortir libre d'ici : c'est de vous engager par une signature à nous fournir désormais les renseignements dont nous avons besoin.

Vozdvijenski se rejeta violemment en arrière :

— Comment peut-on... ? Comment faire une chose pareille ! Et puis, quels renseignements pourrais-je vous donner ?

— Eh bien, sur l'état d'esprit qui règne dans le monde des ingénieurs. Sur certaines de vos relations – tenez, Friedrich Werner, par exemple. Et il y a encore d'autres noms sur la liste.

Vozdvijenski se prit la tête à deux mains :

— Mais je ne peux pas faire ça !

Konopliov branlait du chef. Ce refus, il n'y croyait pas, tout simplement.

— Ce sera donc le camp ? Pensez aussi à votre fille qui est en dernière année de faculté et qui en sera exclue comme élément étranger à la classe ouvrière. Peut-être y aura-t-il également confiscation de vos biens, de votre appartement. Ce que je vous propose est le mieux pour vous.

Anatoli Pavlovitch ne sentait plus sa chaise sous lui et, comme s'il avait perdu la vue, il ne voyait plus Konopliov.

Il s'effondra sur la table, la tête sur ses bras, et pleura.

Une semaine plus tard, il était libéré.

# Nastenka

# 1

Les parents de Nastenka étaient morts tôt et, depuis l'âge de cinq ans, la petite fille avait été élevée par son grand-papa, lui aussi déjà veuf, le père Philarète. L'enfant vécut donc dans sa maison, sise au village de Milostaïki, jusqu'à douze ans, y traversant la guerre avec l'Allemagne et la révolution. Son grand-père lui tint lieu de père, de parents, et sa tête chenue au regard clair, pénétrant, mais tendre quand il était dirigé sur elle, trônait dans son enfance comme une image centrale, immuable, tous les autres – y compris ses deux tantes – ne venant qu'après. Son grand-père lui avait appris ses premières prières et dispensé des recommandations pour se conduire dans la vie. Elle aimait fréquenter les offices à l'église, y rester à genoux et, les matins de beau temps, tomber en arrêt au spectacle des rayons du soleil frappant les fenestrons de la coupole tandis qu'à travers eux, des hauteurs de la voûte, avec sévérité mais aussi clémence, faisait sur vous descendre son regard le Tout-Puissant. À onze ans déjà, seule à travers champs, Nastia était allée à pied au monastère, distant de vingt-cinq verstes. À confesse, elle s'évertuait à découvrir de quoi s'accuser, navrée de ne pouvoir trouver en elle de péchés, sur quoi le père Philarète, imposant son étole, lui faisait la leçon :

— Allons, ma petite fille, repens-toi d'avance. Oui, repens-toi à l'avance, ce ne sont pas les péchés qui manquent, o-o-oh non !

Les temps, cependant, changeaient rapidement. Le père Philarète se vit confisquer ses quelque quinze hectares d'allocation foncière paroissiale et accorder quatre hectares, d'après le nombre des bouches à nourrir, eux et les deux tantes. Et encore, à condition qu'ils les cultivent de leurs propres mains, sinon on les leur reprendrait. Et, à l'école, on se mit à regarder Nastenka de travers, les élèves la traitaient de « petite-fille de curé ». Mais l'école elle-même ferma bientôt à Milostaïki. Pour continuer à faire des études, il lui fallut abandonner sa maison et son grand-père.

Nastenka s'en fut habiter à dix verstes de là, à Tchérentchitsy, où, à quatre filles, elles louèrent un logement. Les garçons de l'école jouaient les poisons : debout de part et d'autre d'un étroit couloir, ils ne laissaient passer aucune fille sans l'avoir abondamment pelotée. Nastia fit brusquement demi-tour vers la cour où elle cassa des branches piquantes d'acacia, repartit hardiment, cinglant les gamins qui tendaient les pattes. On ne la toucha plus. Au reste, elle était rousse, marquée de taches de rousseur, et passait pour un laideron. (Si elle tombait dans un livre sur des passages où il était question de l'amour, elle ressentait une sourde émotion.)

Quant à ses deux tantes, tante Hanna et tante

Frossia, comme pour toutes les filles de prêtre, aucune voie ne se dessinait pour elles dans la vie. De même que, bien avant déjà, l'oncle Lioka avait acheté un document certifiant qu'il était le fils d'un paysan pauvre, de même, à présent, la tante Frossia s'en alla à Poltava, espérant y changer d'*origine sociale.* La tante Hanna, elle, avait un fiancé ici, à Milostaïki, elle y serait bien restée, mais elle apprit soudain par hasard à l'hôpital de la ville qu'une de ses amies venait de se faire avorter des œuvres de ce fiancé. Tante Hanna rentra chez elle comme morte et, de rage, épousa dans la semaine un communiste, soldat de l'armée Rouge, de ceux qui cantonnaient à demeure dans leur maison. Et comment l'épousa-t-elle ? par simple enregistrement administratif, puis elle partit avec lui pour Kharkov. Et le père Philarète, dans sa douleur, maudit du haut de l'ambon sa fille qui ne s'était pas mariée à l'église. Il resta tout seul dans sa maison.

Un nouvel hiver passa, Nastenka acheva ses sept années d'école. Et maintenant ? où se diriger ? Tante Hanna, entre-temps, s'était fort bien casée : directrice d'une maison pour enfants, tout près de Kharkov, mais elle s'était brouillée avec son mari et avait divorcé bien qu'il eût reçu un poste important. Elle invita sa nièce à venir chez elle. Nastenka passa donc son dernier été en compagnie de son grand-père. Pour satisfaire à ses volontés, elle prit une icône du Sauveur – « sors-la et prie ! » ; elle la cacha dans une enveloppe, et celle-ci dans un cahier : là, elle n'aurait pas à la sortir ouvertement. Et elle partit à l'automne rejoindre sa tante.

Laquelle était devenue raisonnable : « Qu'est-ce que tu vas faire maintenant ? travailler à la briqueterie ? ou comme femme de ménage ? Une seule voie s'ouvre à toi : entrer au komsomol. Eh bien, tu le feras ici, chez moi. » En attendant, elle l'installa aide-éducatrice, à s'occuper des gosses ; ce travail plut beaucoup à Nastenka, seulement c'était une place provisoire. Et il y avait déjà des obligations : ne dire aux enfants que des choses *correctes*, ne pas se tromper, tout en se préparant à entrer au komsomol. En outre, ils avaient une komsomol, monitrice de pionniers, nommée Pava, qui trimballait toujours avec elle un volume rouge de Marx-Engels, elle ne s'en séparait jamais. Mais elle avait des livres bien pires, complètement abominables, parmi lesquels un roman sur un monastère catholique au Canada : les jeunes filles y étaient préparées à la consécration et, juste avant, on les amenait pour la nuit dans une cellule où se trouvait un moine, solide gaillard, qui les entraînait dans son lit. Et les consolait après : « C'est pour ton bien, pour que tu saches. Notre corps, de toute façon, est destiné à périr. C'est l'âme qu'il faut sauver, pas le corps ! »

Impossible ! Mensonge ! Ou alors, outre-Océan ? Mais Pava répétait avec assurance qu'elle savait : dans les monastères russes aussi, tout était fondé sur le mensonge.

Quelle dégoûtation de devoir se décider à entrer au komsomol : on allait donc aussi s'y moquer d'elle comme ça ? Toujours les mêmes Pava ?

Mais tante Hanna insistait, lui faisait la leçon : mais

comprends donc enfin, tu n'as pas d'autre voie que le komsomol. Sinon, il ne te reste qu'à te pendre.

Oui, la vie se resserrait, toujours plus étroite, plus inflexible... Entrer au komsomol ?

C'est ainsi qu'un jour, tard le soir, alors que personne ne la voyait, elle sortit l'image du Christ, se pencha sur elle et lui appliqua un baiser d'adieu et de repentir. Et elle la déchira en tout petits lambeaux de façon que personne ne pût la reconnaître aux morceaux.

Et puis, le 21 janvier 1925, ce fut le premier anniversaire de la mort de Lénine. Leur maison pour enfants était placée sous le patronage du Conseil des commissaires du peuple d'Ukraine, et ils virent arriver à leur rassemblement solennel Vlas Tchoubar [1] en personne. La scène était décorée en rouge et noir et, sous un grand portrait d'Ilitch, les gosses qui devenaient pionniers changeaient de prénom : les Michka et les Machka se transformaient en Kim, Vladlen [2], Marxine et Octobrine ; gamins et gamines rayonnaient de joie d'avoir changé de prénoms, ils se répétaient les nouveaux.

Quant à Nastia, eh bien, Nastia prêta le serment komsomol.

Jusqu'à la fin du printemps encore, elle resta travailler à la maison pour enfants, mais celle-ci n'avait

1. 1891-1939, disparaît pendant les purges. Président du Conseil des commissaires du peuple d'Ukraine en 1923-1938. *(NdT.)*

2. Kim : initiales en russe des mots « Internationale communiste de la jeunesse » ; Vladlen : VLADimir LÉNine ; prénoms masculins révolutionnaires. Les prénoms féminins sont transparents. *(NdT.)*

pas pour elle de poste de titulaire. Alors tante Hanna lui obtint un emploi de gérante de l'izba-cabinet de lecture au village d'Okhotchié. Et Nastia, qui n'avait pas encore seize ans révolus, s'y rendit, traversant le chef-lieu de rayon Taranovka sur une télègue cahotante avec son petit baluchon.

Son cabinet de lecture se révéla une pièce sale, gîtée sous le même toit que le soviet rural. Retroussant les pans de sa jupe, elle entreprit de laver le plancher, et il fallut tout frotter et nettoyer, accrocher au mur le portrait de Lénine et un fusil sans culasse, donné Dieu sait pourquoi à l'izba. (À ce moment arriva justement le président du comité exécutif de rayon Arandarenko, haute taille et teint noir brûlant, et de pousser un cri de stupéfaction devant la propreté qui régnait grâce à Nastia, et de la couvrir de louanges.) L'izba-cabinet de lecture possédait des brochures et recevait le journal *Les Paysans pauvres*. La feuille de chou était lue par deux ou trois moujiks en visite (et encore, pour essayer de l'emporter à usage de papier à cigarettes), quant aux brochures, personne n'en avait jamais demandé une seule.

Où donc allait-elle habiter ? le président du soviet rural Roman Korzoun lui dit : « T'éloigner serait dangereux, tu risquerais un coup de fusil », et il la logea non loin du soviet, dans une moitié de maison réquisitionnée chez le diacre.

Nastia ne comprit pas du premier coup pourquoi il y avait danger : pardi, parce qu'elle appartenait à présent à ce qu'il y avait de plus acharné dans le pouvoir soviétique. Sur ce, arriva la Saint-Jean, fête patronale d'Okhotchié ; c'était jour de foire, on attendait beaucoup de monde. Et leur cellule de komsomols répéta une pièce antireligieuse et la donna en représentation le jour de la fête, dans le grand hangar. On y chantait :

*Ne m'embrasse pas à pleine bouche,*
*La Sain-te-Vier-ge point ne suis :*
*Et jamais jamais sur ma couche,*
*Jamais ne naîtra Jésus-Christ*

Elle en avait le cœur serré – d'humiliation, de honte. Et quoi encore ? – dans la maison du diacre, à présent, toute la famille regardait Nastia d'un œil hostile, et elle ne se décidait pas à leur expliquer et à se découvrir ! – cela ne risquait-il pas d'être encore pire ? Elle faisait sans bruit le tour de la maison pour arriver à son perron. Mais Roman – la trentaine passée, et il était célibataire ou divorcé – déclara alors qu'il prenait pour lui la première pièce, par laquelle il fallait passer, et que Nastia habiterait l'autre.

Seulement, entre les deux pièces il n'y avait pas de vraie porte, juste un rideau.

Au reste, Nastia ne se sentait pas en danger : Korzoun était déjà âgé, et puis c'était son chef ; elle alla chez elle, se coucha, lisant un livre à la lueur d'une lampe à pétrole. Mais, le surlendemain, il se mit déjà à grommeler : « Je déteste ces chiennes de la ville, chacune d'elles joue les pucelles. » Et, le troisième soir, derechef elle était couchée et lisait, Korzoun s'approcha sans bruit de l'ouverture qui subsistait, écarta sans bruit le rideau et... se jeta sur elle. D'un seul coup il lui bloqua ses bras sous elle et, pour éviter qu'elle ne crie, lui scella la bouche avec sa propre bouche enflammée.

Impossible de faire un mouvement. D'ailleurs, elle était abasourdie. Et il était moite de sueur, de quoi vomir. Ainsi, c'était donc ça ?

Roman, lui, aperçut le sang, et resta interdit : comment, une komsomol pourtant ? Et il lui demanda pardon.

Et il ne lui resta plus qu'à tout lessiver dans sa petite cuvette, que la famille du diacre ne s'aperçût de rien.

Mais, cette même nuit, il revint chez elle se régaler, et de nouveau encore, et il la couvrait de baisers.

Nastia, elle, avait comme reçu un coup sur la tête, elle était absolument sans force.

Et maintenant, chaque soir, ce n'était plus lui qui venait chez elle, il l'appelait, et elle, Dieu sait pourquoi, y allait docilement. Il la gardait longtemps sans la laisser repartir et, par-dessus le marché, lors des pauses, fumait à chaque fois une cigarette.

Et, pendant ces journées, elle entendit courir une rumeur qui la glaça : la syphilis rôdait à Okhotchié.

Lui aussi ?

Elle n'osa pas lui poser carrément la question.

Et cela allait-il durer longtemps ainsi ? Korzoun était possessif, insatiable. Et il arriva qu'un matin, il faisait déjà jour, lui dormant, elle non, elle aperçut soudain le chétif secrétaire du soviet rural qui lorgnait par la fenêtre, sûrement venu appeler d'urgence Korzoun – mais il avait déjà vu, et vu qu'elle le voyait, et il eut un petit sourire abject, sale. Et, non content, il s'attarda, contempla, puis repartit sans avoir frappé.

Et ce rictus démoniaque fendit, déchira tout cet état d'hébétude, d'abrutissement dans lequel Nastia avait passé ces dernières semaines. Non pas tant qu'il aille maintenant clabauder par tout le village, mais ce sourire narquois à lui seul la déshonorait !

Un mouvement, un autre. Roman ne se réveilla point. Elle rassembla doucement ses pauvres affaires en un baluchon aussi petit que celui avec lequel elle était venue, sortit sans bruit, le village dormait encore, et s'en fut par la route du chef-lieu de rayon, Taranovka.

Il faisait une matinée chaude et tranquille. On menait le bétail aux champs. Le fouet du berger claque, mais on n'entend aucun roulement de carriole, nulle part ne s'élève la poussière de la route, étalée tel un velours sous vos pieds. (Cela lui rappela la matinée où elle s'était rendue au monastère.)

Elle-même ne savait où aller ni quoi faire. Simplement, elle ne pouvait pas rester.

Elle connaissait quelqu'un : Choura, une célibataire, courrier du comité exécutif de rayon. Elle vint la trouver dans sa chambrette, pleura à chaudes larmes et déballa tout.

L'autre fut aux petits soins avec elle et imagina quelque chose : aller trouver Arandarenko et carrément lui raconter tout.

Lequel ne demanda pas à la voir, il se souvenait donc d'elle. Il lui fit assigner au comité exécutif un petit bout de table, des papiers à traiter et un salaire.

Mais elle n'eut pas longtemps à s'étonner de sa bonté pour elle. Les employés du comité lui apprirent qu'il était un grand tombeur de bonnes femmes. Il avait sa manière à lui : installer une infirmière de l'hôpital ou une jeune institutrice, en été dans une voiture à ressorts, en hiver sur un traîneau ; le cocher mène ses bêtes à une allure endiablée à travers la steppe déserte, tandis que lui, en pleine course, étale les filles sous lui. C'est comme ça que ça lui plaisait.

Nastia, elle aussi, n'eut pas longtemps à attendre son tour. (Et le moyen de s'y opposer ? et où se traîner avec son baluchon ?) Teint de poix l'appela, lui donna une petite tape sur l'épaule et lui fit signe de l'accompagner. Et de partir à grand galop ! Ô ces démons de chevaux ! comment font-ils pour ne pas renverser la voiture ? Farouche, l'homme à la houppe la jeta à la renverse, elle joignit les mains par-delà sa tête et, derrière le toupet, elle ne vit plus que le large dos du cocher – qui ne se retourna pas une fois – et le ciel couvert de petits nuages.

En ces mêmes jours, Korzoun parut à Taranovka, la suppliant de revenir, promettant le mariage. Nastia, piquée au vif, lui opposa un refus moqueur. Alors il menaça de se suicider : « Un membre du PC ? Tu ne le feras pas. » Alors il porta plainte, exigea son retour au village, l'accusant de désertion ! Refus du comité exécutif. Korzoun alla jusqu'à réunir l'assemblée des paysans[1] et leur fit voter le retour de la gérante de l'izba ! Nastia eut très peur qu'on ne la renvoie à Okhotchié. (Une chance qu'elle n'y ait pas contracté de maladie.) Mais Arandarenko refusa.

---

1. De la commune rurale (le *mir*), plus ou moins tombée en désuétude après 1917, mais qui ne sera officiellement supprimée qu'au moment de la collectivisation. *(NdT.)*

Et ordonna à Nastia de partir pour Kharkov, suivre pendant deux mois une formation de bibliothécaire. Lui-même partit aussi. Et y *retint* pour elle une chambre avec un lit pour quelques jours.

Et il y venait. Jusqu'alors, elle s'était montrée indifférente ; à présent, quelque chose l'émoustillait, elle était devenue prévenante. Et Arandarenko de la louer : « Tu te tortilles bien. Et tu as les yeux qui pétillent, tu es jolie. »

Puis Arandarenko s'en retourna au rayon et les cours continuèrent. Ensuite elle revint à Taranovka occuper un emploi de bibliothécaire. Elle s'attendait à un peu d'attention de la part d'Arandarenko, mais ne le vit pas une fois, on eût dit qu'il l'avait oubliée.

Un cercle d'art dramatique fonctionnait au sein du club des komsomols. Nastia se mit à le fréquenter le soir. On était en train de monter *Le temps que le soleil se lève*[1]... ainsi qu'une toute nouvelle pièce sur la lutte des classes : des enfants de koulaks se font aimer d'enfants de paysans pauvres « pour pénétrer dans le socialisme par une sape tranquille ». Et il y avait dans leur cercle Sachko Pogouda, larges épaules, bien bâti, cheveux blonds bouclants, et il chantait remarquablement :

*Je songe aujourd'hui très fort*[2]...

1. Titre en ukrainien dans le texte. *Le temps que le soleil se lève, la rosée m'aura rongé les yeux* (1882) : un classique du théâtre ukrainien, drame de Marko Kropyvnytsky (1840-1910). *(NdT.)*

2. En ukrainien dans le texte. *(NdT.)*

Il plaisait de plus en plus à Nastia, pour de bon, tout simplement, sincèrement. Et le printemps survint, son dix-septième, Nastenka allait volontiers se promener avec lui le long de la voie ferrée et dans la campagne. Il commença à répéter qu'il l'épouserait sans rien demander à ses parents. Et ils s'unirent d'un commun accord. Arrivés jusqu'au cimetière, et là, sur la jeune herbe d'avril, tout auprès de l'église... Et, dès la première fois, elle conçut. Elle le dit à Sachko, et lui : « Est-ce que je sais avec qui tu as encore été traîner ? »

Elle pleura. Souleva exprès des choses pesantes, déplaça des meubles lourds, rien n'y fit. Et Sachko commença à se défiler. Ses parents voulaient le marier à la fille d'un aide-médecin, porteuse d'une jolie dot.

Elle voulut se jeter dans un puits, une amie intervint à temps. La chose se sut. Et la cellule força Sachko à se marier. Ils s'enregistrèrent. (Comme on persiflait à l'époque : « mariage à la sauvette – au hangar en levrette ».) Ses beaux-parents ne voulurent point de Nastia sous leur toit.

Ils louèrent un pauvre appartement. L'argent gagné, Sachko ne le partageait pas, il faisait la fête. En janvier, par un froid glacial, Nastia accoucha sur un poêle russe, ils n'avaient pas été fichus de l'en retirer pour la mettre à l'hôpital. La petite fille se brûla la jambe à une brique surchauffée, il lui en resta une marque pour la vie.

Et cette enfant, alors, elle va rester non baptisée ? Où le faire, d'ailleurs, aujourd'hui ? Mais si ça se découvre, elle sera chassée du komsomol, il ne fallait même pas y songer.

Quant à Pogouda, il faisait plus que jamais la fête, elle était comme abandonnée, il ne s'occupait pas d'elles deux. Elle décida de le quitter. Divorcer était l'enfance de l'art : payer trois roubles, on reçoit une carte postale de l'état-civil – divorcée. Le komsomol l'aida à trouver un travail de bibliothécaire dans la banlieue de Kharkov, à Katchanovka, cité ouvrière près d'un abattoir et d'une boyauderie. Elle dénicha un charitable couple sans enfant, qui consentit à prendre chez lui la petite Ioulka, déjà sevrée, pour six mois, voire un an ; Nastia viendrait les voir. Autrement, elle n'aurait jamais réussi à trouver un logement. Désormais, elle louait un coin de chambre chez une veuve solitaire.

Mais les bonnes résolutions ne durèrent pas longtemps. Le temps chaud reparut. Leur cellule comptait un certain Tériocha Repko, tranquille, affectueux, au visage blanc. Un soir, après une longue réunion (cette année-là, ils luttaient contre l'opposition trotskiste), il la raccompagna : la cité était réputée pour ses détrousseurs, et il fallait passer le long d'un terrain vague servant de décharge, où on trouvait aussi des morts. Il la raccompagna une fois, ils s'embrassèrent, Nastia n'avait jamais encore connu pareille tendresse. Il se mit à l'accompagner lorsqu'elle sortait de sa bibliothèque, une seconde fois, une troisième. Ils étaient très attirés l'un par l'autre, mais ne savaient où se mettre, impossible de l'amener chez la veuve, une seule pièce, et elle une couche-tôt. Mais il existait encore une véranda vitrée où ils se glissèrent tout doux, tout doux, et ils s'étreignirent comme ça, à même le plancher.

Elle l'aimait et aurait voulu le retenir, le garder

longtemps. Elle le cajola. Voulait l'épouser. Tomba enceinte à la fin de l'automne. À ce moment fit irruption dans la bibliothèque la logeuse de Tériocha, la quarantaine : « Je suis venue te regarder, voir qui tu es ! » Nastia se figea, et l'autre l'invectiva à haute voix. Et ce n'est qu'après qu'elle apprit la situation : c'était elle qui entretenait Tériocha, l'autre, en retour, vivait avec elle et ne pouvait la quitter.

Mais comment n'en avait-il pas parlé avant ? Désespoir. Le désespoir la prit ! Elle se fit avorter, enceinte seulement d'un mois.

Elle vivait comme dans le néant. Et Ioulka qu'il fallait reprendre...

Elle fut remarquée et se vit installer dans une pièce par le gérant des chambres froides Kobyttchenko en personne. Et elle prit Ioulka chez elle. Et il l'entretint très bien tout l'hiver. Cette fois-ci, elle avait laissé traîner sa grossesse et dut se faire hospitaliser dans le privé, on lui retira un fœtus de trois mois, le docteur sacrait, on voyait déjà que c'était un garçon, on le jeta dans le seau aux ordures.

Révocation ? mutation ? Kobyttchenko disparut. Et Nastia était la proie d'une inflammation. Elle apprit que Pogouda siégeait à présent au CC du syndicat, elle s'en fut lui demander un bon de séjour en Crimée. Il promit, mais, le temps qu'il se le procure, l'inflammation était passée. Elle y alla tout de même, sans Ioulka.

Le sanatorium était installé dans le monastère Saint-Georges, près de Sébastopol. Après le grand tremblement de terre en Crimée, l'année précédente, beaucoup avaient peur d'y aller, c'est pourquoi il y restait beaucoup de places. Et voici justement que tout près était cantonné un détachement de matelots. Et certaines femmes et jeunes filles du monastère allaient leur rendre visite sous leurs arbustes. Et Nastia n'en pouvait mais, elle sentait en elle une excitation permanente. Elle était devenue docile à l'appel, ne baissait plus les yeux. Il se trouva un matelot pour elle, et puis encore un autre.

Revenu à Katchanovka, le comptable de l'usine, un homme d'âge, lui dit : partons en mission loin d'ici. Et il l'emmena avec Ioulka. Quelques jours de voyage aller en compartiment spécial, quelques jours sur place, quelques autres pour le retour. Et il la caressait à tout va. Ce fut là, dans le train, qu'elle eut ses dix-neuf ans, ils fêtèrent la chose avec du vin. Mais après son retour de mission, le comptable ne vint plus la voir une seule fois : la famille, n'est-ce pas.

Il fallait tout de même, d'une façon ou d'une autre, qu'elle acquière de l'indépendance. Le gérant du club, merci à lui, l'envoya suivre des cours de préparation à l'entrée à un institut, genre faculté ouvrière, mais pour six mois seulement. Une bourse de trente roubles, juste de quoi se payer soupe et bouillie claires, tout déjà devenait plus cher. Le foyer était situé dans une immense église froide, et les lits de planche à deux étages étaient déjà démontés. Pour ne pas reposer à même le sol de ciment, Ioulka et elle dormaient sur la table où, avant, était disposé le suaire ou placés les cercueils contenant les défunts. Ensuite, en tant que mère avec un enfant, on les déplaça dans la salle de bains non utilisée d'un second foyer. Elle menait Ioulka au jardin d'enfants à sept heures du matin et la reprenait à sept heures du soir. Là aussi, il se trouva pour elle un « visiteur », Chtcherbina, bien nourri, vigoureux, très lourd. Il était marié et, prétendait-il, vivait très bien avec sa femme, mais ne s'en jetait pas moins comme un furieux sur Nastia. Cela lui faisait du bien, dans sa vie famélique, elle n'en éprouvait aucune fatigue. Chaque fois, Chtcherbina lui laissait quelque chose, bas en fil de Perse, parfums ou simplement de l'argent. Et que faire ? Elle acceptait. Après ce si pénible avortement, toujours est-il qu'elle ne tombait plus enceinte.

En septembre de l'année suivante, 1929, Nastia fut acceptée pour trois ans d'études à l'Institut d'Éducation sociale. Elle déménagea dans un foyer normal : une pièce pour trois mères, Ioulka était au jardin d'enfants.

Cet hiver-là, tante Hanna, qui n'avait pas donné signe de vie depuis longtemps, refit surface à Kharkov sans crier gare. Nastia se précipita chez elle. Et apprit que son grand-père, le père Philarète, avait été déporté aux îles Solovki.

Ce fut comme un coup de froid, une crise de frissons. Elle le revit, avec son bon visage attentif cerclé de blanc, elle pouvait même entendre sa chaude voix éducatrice. Aux Solovki ? Le mot le plus terrible après Guépéou.

Et nous, craignant de laisser des traces, eh bien, nous l'avons abandonné. Trahi.

Mais qu'est-ce qu'on aurait pu faire ?

Non pourtant, tante Frossia, à Poltava, s'était trouvée en correspondance avec lui tant qu'il était encore à Milostaïki ; c'est comme ça qu'on avait découvert qu'elle était fille de prêtre, on l'avait chassée de la comptabilité et on ne la laissait plus accéder à un bon emploi. Et, en remontant la filière de tante Frossia, on avait aussi découvert tante Hanna, elle aurait tout perdu, n'eût été une relation au Guépéou qui lui avait arrangé une tâche : tenir en état un bon appartement à Kharkov et y attirer qui on lui indiquerait. Elle-même, bien qu'ayant dépassé la trentaine, avait conservé ses attraits, elle s'habillait fort bien à présent, l'appartement était meublé à merveille, trois pièces – et chauffées. (Chauffées ! tous n'avaient pas cette chance aujourd'hui.)

Après plusieurs rencontres, tante Hanna lui demanda : « Tu sais ce que c'est que les “nuits athéniennes” ? » Nastia l'ignorait. « Toutes les femmes restent dévêtues, aux hommes de choisir. Quand on manquera de femmes, je te passerai un coup de fil, d'accord ? »

D'accord, voyons, bien sûr ! D'ailleurs, Nastia y alla même volontiers, elle était devenue furieuse d'amour. Tante Hanna commandait pour elle une robe tantôt moulante, tantôt entièrement transparente comme de la mousseline. Tout cela était plaisant, insouciant. La vie autour d'elle était étriquée, il y avait des tickets de ravitaillement et qui ne permettaient pas d'obtenir grand-chose, alors que là régnait l'abondance.

Ainsi passèrent deux hivers, et un été entre, Ioulka avait déjà quatre ans, elle allait sur sa cinquième année, Nastenka – vingt-deux. C'est alors qu'expédiée ailleurs par des agents du Guépéou, tante Hanna disparut soudain sans laisser de trace. Et tout ce cinéma prit fin.

Mais Nastia n'en travaillait que plus assidûment pour sa dernière année d'Institut afin d'obtenir de bonnes notes. L'« éducation sociale », cela embrassait tous les établissements d'enseignement général, on apprenait aussi bien la pédagogie que la pédologie. Les diplômées étaient chargées de faire pénétrer la pensée socialiste dans l'instruction populaire.

En attendant, dans toute la province et dans la ville de Kharkov elle-même, planait la menace d'une famine mortelle. Les tickets donnaient droit à deux cents grammes de pain. Des paysans affamés s'infiltraient à travers les barrages jusque dans la ville pour y quémander l'aumône. Et les mères abandonnaient leurs enfants mourants. Dans les rues, ici ou là, gisaient des cadavres.

Puis une lettre arriva de tante Frossia, disant que le père Philarète était mort. (Impossible de le préciser dans la lettre, mais il était clair que c'était *là-bas*.)

Eh bien, d'une certaine façon, cela ne lui fit pas mal !

Se pouvait-il ?

C'était le passé. Tout entier, quelque part, englouti.

En janvier Trente-Deux, on envoya les étudiants en stage de pratique pédagogique. Mais beaucoup d'écoles rurales étaient devenues désertes du fait de la collectivisation et de la famine, il n'y avait plus d'élèves. Et lorsque fut venu le moment de recevoir une affectation, elle atterrit dans la « cité d'enfants

Tsiouroupa », sise dans l'ancienne propriété du général Broussilov. Les enfants provenaient de Kharkov, mais il n'en était que plus facile aux paysannes des environs d'y pénétrer, elles amenaient leurs enfants à demi morts de faim et s'en retournaient elles-mêmes périr à la maison. (D'ailleurs, dans tel ou tel village, il y eut des cas d'anthropophagie.) De consomption, nombre de garçons de l'orphelinat étaient devenus des *mouillés*, incapables de contrôler leur urine. On avait grand mal à leur trouver à manger, les enfants se disputaient la nourriture ou les vêtements qu'on leur avait donnés. Purs citadins, au printemps, ils ramassaient par ignorance les herbes qu'il ne fallait pas et s'empoisonnaient à la jusquiame. La cité Tsiouroupa était dirigée par un ancien militaire, toujours en vareuse et culotte de cavalier, sévère, rigide, exigeant l'ordre partout et en tout. (Il avait une belle femme qui venait le voir de la ville, lui-même se mit à aller trouver Nastia, elle avait quelque chose qui les attirait tous.)

En mai, retour à Kharkov pour les derniers examens de sortie. Nastia avait une camarade de cours, Emmotchka, déjà mariée, d'une famille richarde, qui aurait donc pu entrer dans un meilleur Institut, mais, pour une raison ou pour une autre, elle s'était retrouvée dans celui-ci. Par un beau jour de mai – Nastia ne savait rien, mais elle comprit après – arriva de Moscou en mission à Kharkov un héros de la guerre civile, Viktor Nikolaïevitch Zadorojny. Il avait fait Dieu sait où la connaissance d'Emma et lui envoya un billet, disant qu'il voulait la voir, « j'attends des précisions ». Seulement, le très maladroit coursier le lui rendit en présence de son mari et Emma en fut réduite à le lire tout haut, mais elle tourna la chose en plaisanterie : ils cherchaient une de ses camarades dont ils ignoraient l'adresse ; elle écrivit devant lui comment et où trouver Nastia, mais ensuite, elle ne réussit pas à échapper à son mari pour la prévenir. Zadorojny reçut le billet, fut étonné, mais accourut aussitôt et invita Nastia à sortir sur le boulevard où ils s'assirent sous un acacia odoriférant.

Zadorojny était un homme de haute taille, bien découplé, lui aussi en vareuse et culotte de cavalier, seulement manchot : pendant la guerre civile, les Cosaques lui avaient tranché l'avant-bras. (Ils savaient sans doute qui il était, car il aimait parler de lui : avant la révolution, avec des grévistes et dans l'attente d'un raid cosaque, il avait disposé plein de herses, dents vers le haut, et les assaillants cosaques tombaient et se blessaient en même temps que leurs chevaux.) Depuis Dix-Sept, il était membre du Parti et, en ce moment, suivait des cours à l'Académie industrielle près le Comité Central.

À peine remise de ce hasard inattendu, sans avoir encore compris toutes les circonstances de la rencontre, Nastia, dans sa blouse blanche toute simple à bande verte, décida tout d'un coup qu'il était en son pouvoir de ne pas le laisser filer.

Et c'est qu'il était pressé : une demi-heure de conversation, et, ce même soir, rendez-vous à son hôtel. Et elle y alla, bien sûr, sachant que, désormais, il ne l'abandonnerait plus.

De fait, il lui déclara au matin qu'il allait la prendre

avec lui à Moscou. (Quant à Emma, enragée contre Nastia, il se débarrassa d'elle par une plaisanterie.)

Il resta encore quelques jours à Kharkov, elle ne pipa mot, au début, de Ioulka, mais il encaissa aussi Ioulka, il les prenait toutes les deux. Elle avait encore à passer ses derniers examens de sortie, et on lui promettait déjà de l'envoyer ensuite dans un institut spécialisé dans l'étude de Chevtchenko – Viktor ne fit qu'en rigoler : ukrainien lui-même, il tenait l'ukrainien pour moins que rien.

Quitter la ville pour Moscou – pour n'importe où ailleurs, du reste – était chose impossible : nul ne pouvait acheter de billet sans présenter un papier avec tampon et attestation. Mais Zadorojny revint au bout d'un mois muni de tous les papiers nécessaires et les arracha, elle et Ioulka, à cette ville affamée, quasi mourante. Une veine.

À Moscou, dans l'une des premières vitrines, Nastia vit des pains blancs, de farine de froment ! – et à dix kopecks pièce ! – un mirage... La tête lui tourna, elle en eut des nausées. C'était vraiment un autre pays.

Plus étonnant encore se révéla le foyer de l'Académie industrielle : pas de chambrées « foyer » pour quatre, six ou dix personnes avec de simples couches. Chaque porte ouvrant sur le corridor donnait sur une entrée miniature d'où deux portes permettaient d'accéder à deux chambres séparées. Dans celle qui jouxtait la leur – un mari et sa femme. Zadorojny, jusqu'à présent, habitait seul dans l'autre, et qui était grande, et voici qu'il était maintenant là avec sa proie. Ioulka avait déjà son petit lit qui l'attendait.

L'Académie, leur dit Viktor, comptait parmi ses étudiants la femme de Staline. Et elle disposait d'une bonne cantine. Et d'un jardin d'enfants propre, bien approvisionné.

Autre chose inouïe dans la chambre : un petit appareil électrique qui produisait du froid à l'intérieur et où on pouvait tenir frais du saucisson, du jambon, du beurre !

Et manger quand on voulait !

## 2

L'enfance de Nastenka s'était passée à Moscou, la Moscou d'avant, l'ancienne, dans une traverse non loin des Tchistyïé Proudy [les Étangs purs]. La guerre avec l'Allemagne n'avait pas encore commencé qu'elle savait déjà lire, ensuite son père lui permit de prendre elle-même des ouvrages dans les rayons de sa bibliothèque. Un vrai parterre, avec les dos de toutes les couleurs, un parterre aussi de noms d'écrivains, de vers, de poèmes, de récits ; parvenue à un certain âge elle en arriva aussi aux romans. Tatiana Larina, Lisa Kalitina, Vassili Chibanov, Guérassime, Antone-le-traîne-misère, et Vlas le gamin, qui conduisait une charretée de bois mort [1], tous surgissaient vivants devant elle, elle les voyait tout près, en chair et en os, elle entendait le son de leurs voix. En outre, elle prenait des leçons d'allemand avec Madame, et avait déjà lu le « Dit des Nibelungen »,

1. Héroïnes et héros de Pouchkine *(Eugène Onéguine)*, Tourguéniev *(Un nid de gentilshommes, Moumou)*, Alexeï K. Tolstoï (*Vassili Chibanov*, Ballade), Grigorovitch *(Antone-le-traîne-misère)*, Nikolaï Nekrassov *(Enfants de paysans)*, toutes œuvres publiées entre 1825 et 1861. *(NdT.)*

des vers de Schiller, les souffrances du jeune Werther, des œuvres frappantes, mais tout de même situées dans un certain éloignement, tandis que les héros des livres russes étaient tous à portée de main, amis très chers ou adversaires.

Juste avant la révolution, Nastenka était entrée au lycée, dans un des meilleurs de Moscou, et une sorte de miracle avait voulu que ce lycée se maintînt non seulement à travers la révolution, mais encore durant quelques années soviétiques ; on continuait à l'appeler « lycée », et tous les professeurs étaient ceux d'avant, dont, en littérature, la grisonnante Maria Féofanova, aux cheveux cendrés. Et elle leur révéla à tous et à toutes – mais Nastenka le ressentit plus profondément encore – la manière de jeter un regard nouveau sur les livres, vivre en compagnie non seulement de ces héros mais aussi de l'auteur : que ressentait-il en écrivant ? Quel rapport à ses héros – était-il maître de leur vie, ou bien non ? Pourquoi avait-il décidé de telle ou telle façon, choisi alors d'employer tels mots ou telles phrases ?

Nastenka se prit d'affection pour Maria Féofanova et se mit à rêver d'être comme elle : quand elle serait grande, elle aussi, et de la même manière, enseignerait la littérature russe aux enfants, elle leur inspirerait le désir d'apprendre par cœur des vers, de réciter les pièces en se distribuant les rôles, et à en monter des fragments en soirée sur les tréteaux de l'école. (Et Maria Féofanova, de son côté, accordait une attention particulière à Nastenka et encourageait sa flamme.) Nastenka n'avait pas encore eu l'occasion de tomber amoureuse d'un garçon, si bien que tout cet univers littéraire – comme elle l'aimait ! – était en soi une vie immense, bien plus brillante que celle qui avait cours aux yeux de tous.

Après l'école, elle espérait entrer à l'Université de Moscou, dans ce qui subsistait de la faculté d'histoire et de philologie d'antan. Et son père, Dmitri Ivanytch, un médecin épidémiologue, lui-même grand amateur de Tchekhov, encourageait son choix.

Mais il arriva alors un malheur : il fut muté sur ordre dans la province de Rostov-sur-le-Don. Et il fallut dire adieu à Moscou alors que Nastenka, âgée de seize ans, avait juste encore à finir une année scolaire. (À la vérité, à partir de cette même année, Maria Féofanova, jugée idéologiquement obsolète, se vit interdire l'enseignement.)

Moscou !... Il ne pouvait exister de ville plus belle que Moscou, constituée non pas selon les plans froids d'un architecte, mais par le ruissellement vivant de myriades de vies pendant plusieurs siècles. Ses deux anneaux de boulevards, ses rues bigarrées et bruyantes ou, au contraire, ses ruelles tordues et recourbées, avec la vie à part de ses cours herbeuses pareilles à autant de mondes clos, tandis que le ciel retentit de la voix multiple des cloches de tous timbres et de toutes densités. Ajoutez le Kremlin, la Bibliothèque Roumiantsev, la magnifique Université, le Conservatoire.

À la vérité, à Rostov également, ils étaient logés dans un appartement qui n'était pas mal du tout – et même très bien dans les conditions actuelles : à l'étage noble, avec de grandes fenêtres donnant sur la tranquille rue Pouchkine, elle aussi plantée en boulevard en son milieu. La ville, elle, se révéla complètement étrangère, pas russe pour un sou – tant par sa population aux nationalités hétéroclites que, surtout, par l'incorrection de la langue qu'on y parlait : sons déformés, accents toniques déplacés. À l'école, elle ne se lia d'amitié avec personne, il y planait aussi un air âpre et étranger. Autre motif d'aversion : c'est justement dans cette ville qu'il lui fallut entrer au komsomol, pour être plus sûre d'obtenir son admission dans l'enseignement supérieur. Les tableaux de Moscou hantaient les rêves et les veilles de Nastenka. Elle était prête à vivre en foyer rien que pour pouvoir entrer à l'Université de Moscou.

Dans l'appartement de Rostov comme, avant, dans celui de Moscou, Nastenka accrocha aux murs une vingtaine de portraits d'écrivains russes. Puissent-ils affermir le sens de la vérité et de la justice dans lequel elle avait grandi et que ce nouveau et harcelant milieu était en train d'obnubiler, de tirailler en tous sens. Un portrait lui déchirait particulièrement le cœur : celui de Nékrassov, au lit et mourant. Elle aimait ardemment ce poète, parce qu'il avait toujours été si sensible à la douleur du peuple.

Là-dessus – comme par une analogie menaçante ? – son père tomba malade après avoir pris froid au cours d'un voyage sur le Don dans les intempéries de l'automne, contracta une pneumonie, laquelle dégénéra en tuberculose. Rien que le mot était déjà terrible (ces terribles affiches placardées dans les salles d'attente des dispensaires), et combien de vies déjà emportées par la tuberculose ! dont celle de Tchekhov, bien sûr. Aucun médicament n'existe. Alors, changer de climat, aller ailleurs ? au-dessus de leurs ressources, au-dessus de leurs forces. Maudite ville ! Funeste déménagement qui nous a conduits ici. Et ces vents glacials du nord-est qui traversent Rostov, jusqu'en avril, même. Le spectacle de son père lui causait une douleur aiguë : car enfin il *savait*, et bien mieux qu'elle, non ? Peut-être même se *pré-parait-il* intérieurement ?

Plus question, maintenant, d'aller à l'Université de Moscou. Autre chose encore : on avait interdit aux médecins toute pratique privée, d'ailleurs son père avait déjà perdu toutes ses forces vitales. Elle en fut réduite à entrer sur place, à l'Université de Rostov, faculté de littérature, mais dans son institut pédagogique (bientôt rebaptisé « Industrialo-Pédagogique »).

N'empêche, la littérature, la littérature russe restait bien avec Nastenka ? Justement non. Dans la littérature qu'on déroulait à présent devant elle en cours, elle n'arrivait pas à reconnaître celle d'avant. Certes, en passant on créditait Pouchkine de la musicalité de son vers (sans dire un mot de la transparente clarté avec laquelle il ressentait l'univers), mais, indiquait-on avec insistance, il exprimait la psycho-idéologie de la noblesse moyenne pendant la période de crise initiale du féodalisme en Russie : cette classe avait besoin que soit représentée la prospérité des domaines sous le servage et, en même temps, manifestait sa peur d'une révolution paysanne, ce qui se faisait nettement sentir dans *La Fille du capitaine*.

Une espèce d'algèbre et rien à voir avec la littérature, mais Pouchkine, là-dedans, où donc était-il passé ?

Leur cours était composé surtout de filles, certaines pas bêtes du tout. Et il était loisible d'observer à quel point celle-ci ou bien encore celle-là était troublée d'apprendre que le poète, l'écrivain, dans son acte créateur, est mû non pas par sa libre inspiration, mais – sans peut-être en avoir lui-même conscience, mais objectivement, involontairement – exécute telle ou telle commande sociale. Et il n'était pas question de bayer aux corneilles, il fallait débusquer ce qui était caché. Toutefois, dans le train-train des étudiantes, exprimer ouvertement entre soi son désaccord avec le contenu des cours n'était pas une chose admise – à moins plutôt qu'elle ne fût pas exempte de danger ?

Mais cet ennui ! Quelle raison de vivre là-dedans ? Et où étaient-elles, ces grandes figures d'autrefois ?

Ou encore, s'agissant d'Ostrovski, Nastenka devait maintenant seriner que lui aussi reflétait le processus de décomposition du régime du servage féodal et de son éviction au profit du capitalisme industriel en progression croissante, et que, dans le même temps, son autodétermination idéologique l'avait rejeté dans le camp du slavophilisme réactionnaire. Et le meilleur éclairage de tout ce royaume de ténèbres avait été donné par le *rayon de lumière* de Dobrolioubov[1].

---

1. Le « royaume des ténèbres » est la Russie du servage, le « rayon de lumière », le personnage de Catherine dans *L'Orage*

Bon, pour Dobrolioubov, c'était indubitable.

Les jeunes gens de leur cours étaient des espèces d'empotés qui avaient l'air d'avoir échoué par hasard dans cette faculté. Mais parut Chourka Guène, impétueux, plein de ressources, un concentré d'énergie sous le noir de ses cheveux brûlants et de ses yeux si expressifs. Oui, en voilà un qui était ici à sa place ! il devint d'emblée le chef de la cellule komsomol de leur cours, leur guide naturel, il se distinguait dans ses études, et il introduisit dans leurs discussions hors cours, fréquentes à présent, le jaillissant courant d'une littérature que leur programme n'avait pas encore abordée, la littérature actuelle, bouillonnante, avec ses luttes furieuses entre groupements – où donc aller, d'ailleurs, pour échapper à la modernité ? (Mais fallait-il vraiment chercher à la fuir ?) Que de groupes, constatait-on, avaient déjà eu le temps de briller de tous leurs feux et de disparaître furtivement – « la Forge », « le Cubilot », « Lef », « Octobre[1] » – « tous ceux-là sont de notre côté des tranchées littéraires ».

— Mais – résonnait sa voix – nos antipodes idéologiques ne s'endorment pas : les compagnons de route, comme littérateurs, c'est le camp de nos ennemis d'hier, et qui seront les morts de demain, ils ont la fibre réactionnaire, déforment calomnieusement la révolution et sont d'autant plus dangereux

---

d'A. Ostrovski. Allusion au célèbre article (1859) de N. Dobrolioubov, un classique de la critique littéraire radicale. *(NdT.)*

1. Groupements littéraires de gauche et d'extrême gauche dans les années 1920 ; « Lef » signifie « Front de gauche [de l'art] ». *(NdT.)*

qu'ils le font avec plus de talent. Or la littérature n'est pas un objet de délices, mais l'arène d'un combat. Toute cette pilniaquerie, cette akhmatoverie, tous ces petits sérapions, ces petits scorpions [1] devront ou bien s'aligner sur la littérature prolétarienne, ou bien être balayés avec un balai de fer, aucune réconciliation n'est possible. Les tranchées de nos positions littéraires ne doivent pas être recouvertes de chardon ! Et nous, la jeunesse, nous tous, les fils et les filles d'Octobre, nous devons aussi aider à l'établissement d'une ligne communiste unique en littérature. Les hommes de lettres mélancoliques ont beau essayer de nous faire peur, l'accent fondamental doit être mis par nos jeunes gars sur l'allant et non pas sur la morosité !

Choura déployait toujours une telle passion, une telle incandescence dans ses interventions que personne n'osait se mesurer à lui, les étudiantes de son cours restaient muettes. Il entraînait à sa suite, simplement. C'est peu de dire que ces « disputes » publiques étaient intéressantes, elles mettaient au contact de la vie vivante, elles faisaient pénétrer en vous des courants nouveaux et inconnus. Une des premières auditrices de Chourik, Nastenka l'assaillait aussi de questions en tête à tête.

Et de fait : impossible de vivre de la seule littérature du passé, il fallait se mettre à l'écoute de celle

1. « Les Frères de Sérapion » étaient un groupe d'écrivains « apolitiques » (constitué en 1921) ; « le Scorpion » : maison d'édition symboliste (Moscou, 1900-1916). B. Pilniak (1894-1938 [1941 ?]), romancier ; A. Akhmatova (1889-1966), poète. *(NdT.)*

d'aujourd'hui. Le flux de la vie coule, allègre, il faut se plonger en lui.

Où donc avait-il appris tout cela ? Depuis ses dernières années d'école, découvrit-elle, il n'avait pas perdu son temps. Il y était passé par les futuristes jaunes-verts-framboise, puis par ce Lef (« Lef ou bluff[1] »), ensuite par le futurisme communiste et le Front littéraire – tout cela traversant son cœur comme autant de traits de feu –, pour se retrouver, encore sur les bancs de l'école, partisan convaincu d'*En sentinelle*. (D'ailleurs, la revue *En sentinelle littéraire*[2] était disponible tout près, dans la bibliothèque même de l'institut, mais personne ne l'avait autant examinée, respirée à pleine poitrine...)

— Les « compagnons de route », ripostait Chourik, d'une façon générale, ça ne peut pas exister ! On est ou bien avec nous, ou bien contre nous ! De quoi sont-ils fiers, dites-le-moi ? de la finesse de leurs émotions. Mais enfin, ce qui décide de tout, ce n'est pas le cœur de l'écrivain, c'est sa conception du monde. Et si nous apprécions un écrivain, ce n'est ni pour la nature ni pour l'expression de ses sentiments, mais en fonction de son rôle dans la cause prolétarienne. Le psychologisme ne fait que gêner notre progression victorieuse, et ce qu'on appelle la réincarnation dans un personnage, qu'affaiblir la classe. Autant le dire, d'ailleurs : la révolution en littérature, on peut l'affirmer, n'a pas encore commencé pour de bon. Après

1. Les deux mots riment dans le titre russe de cet article polémique. *(NdT.)*

2. Deux revues « prolétariennes » de critique littéraire (1923-1926, 1926-1932). *(NdT.)*

la révolution, il faut non pas même des mots nouveaux, mais des lettres nouvelles ! Même les points et les virgules d'avant deviennent répugnants !

Étourdissant à entendre ! La tête vous en tournait. Mais comme il vous entraînait avec cette fougue, cette force de conviction indéviable !

Quant aux cours, eh bien, aux cours tout se déroulait selon les manuels circonstanciés de Kogan et de Fritsche[1]. Ils écrivaient à peu près la même chose : Shakespeare est le poète des rois et des maîtres, avons-nous besoin de lui ? Et tous ces Onéguine et ces Bolkonski, ne sont-ils pas infiniment étrangers du point de vue de classe ?

Oui, mais comme, en ces temps-là, on savait aimer !

Toutefois, cette contestation de Kogan, au fil des années, devenait elle aussi insoutenable : tout cela ne pouvait tout de même pas être entièrement construit sur des balivernes ; n'existait-il pas là aussi effectivement des fondements historiques et sociaux ?

En attendant, sur le visage de son père, de mois en mois, semblait-il, les *yeux* occupaient de plus en plus de place et signifiaient de plus en plus de choses. Que de profondeur – et de souffrance – et de sagesse étaient concentrées en eux ! Et quelque chose répondait en elle de plus en plus fort, elle sentait son cœur se décrocher, mais impossible de nommer la mort tout haut : et pourtant, il était en train de *passer* ? Il

1. P. Kogan (1872-1932) et Vl. Fritsche (1870-1929), historiens marxistes de la littérature, dont les ouvrages sur le développement des littératures occidentales (l'un et l'autre) et l'histoire de la littérature russe moderne (c'est-à-dire depuis Pierre le Grand) furent encore réédités dans les années 1930. *(NdT.)*

avait franchi une certaine limite ? Son visage avait jauni, maigri jusqu'à l'impossible, et ses moustaches grises – perdu leur élasticité, elles pendaient comme des postiches.

Et comme il toussait affreusement, longuement, déchirant sa poitrine, aussi celles de sa femme et de sa fille. La sensation du malheur – chez soi, dans l'appartement – ne vous quittait plus désormais, elle était toujours là ! Pourtant, arrivée à l'institut, son propre tourbillon l'emportait. Depuis son enfance, Nastenka était plus proche de son père que de sa mère, elle avait toujours aimé lui raconter tout ; et, en ce moment, tout ce qui l'absorbait hors de la maison était justement si nouveau, si effarant !

Lui – écoutait. Sans s'étonner. Il ne faisait que la regarder, la contempler avec ses yeux agrandis à travers lesquels transparaissait, de mois en mois plus manifeste, l'inéluctabilité de la *perte* – oui, c'était bien cela qu'ils voulaient dire avant tout.

Il lui caressait la tête (à présent, il restait tout le temps dans son lit, calé par des oreillers hauts). Parfois, de toute la force déclinante de son souffle et de sa voix, il répondait que toute connaissance est un processus long, non linéaire, et que ce à quoi elle venait aujourd'hui d'accéder passerait à son tour, et qu'elle reconsidérerait encore ses vues, de nouveau et encore de nouveau, et qu'infinie est la profondeur de la pensée humaine.

Ils étaient de plus en plus proches, Chourik et elle, et, tel le vent torride de l'été à Rostov, c'est lui et personne d'autre qui répandait sur Nastenka le souffle brûlant de l'Époque ! Comme il la sentait, avec quelle vigueur vitale il la communiquait ! On le publiait déjà dans le journal de la province, *Le Marteau-pilon*, il ne manquait jamais de prendre la parole dans les réunions d'institut et de cours, dans les meetings, derechef dans des disputes littéraires publiques, et il échangeait volontiers des idées avec ses camarades pendant les pauses, et avec Nastenka plus souvent encore, depuis qu'il s'était mis à la raccompagner chez elle. (Il sortait d'une bonne famille, étant le fils d'un important avocat, et ne traitait pas les femmes avec une grossière goujaterie, comme cela était devenu usuel.)

À présent, il reconnaissait que ceux d'*En sentinelle* s'étaient trompés lorsqu'ils avaient suivi Trotski durant la discussion au sein du Parti, mais ils avaient reconnu leur faute et s'étaient corrigés ! Et, avant que n'éclate l'« Affaire de Chakhty », ils avaient déclaré hardiment : « Nous sommes fiers d'être des tchékistes de la littérature, traités de délateurs par nos ennemis. » Pour l'heure, il se vouait tout entier à lutter contre l'école de Polonski, l'école de Voronski, le groupement littéraire « le Col » qui en était arrivé à proférer des absurdités telles que le néoslavophilisme, l'humanisme koulak, l'« amour pour l'homme en général », « la beauté commune à tous les hommes ». À la fin des fins, la section littéraire de l'Académie communiste trancha : liquider l'école de Voronski. Mais les ennemis se multipliaient : dans le même temps commença la lutte contre les sectateurs de Péréverzev [1]. Ceux-là, certes, avaient correctement

1. Viatcheslav Polonski (1886-1932), Alexandre Voronski (1884-1943, mort au Goulag), Valérian Péréverzev (1882-1968,

compris que la personnalité d'un auteur, sa biographie et ses antécédents littéraires ne signifient rien pour son œuvre, mais que son système de représentations découle du système de production ; mais ils forçaient la note en prétendant que chaque auteur n'est l'écrivain que de sa classe et qu'un prolétaire ne saurait dépeindre un bourgeois. Or cela, c'était déjà une déviation de gauche.

Il la raccompagnait, ils s'embrassaient sur le boulevard Pouchkine à demi plongé dans le noir, parfois éclairé par un beau clair de lune, à vingt pas en biais de la fenêtre derrière laquelle gisait son père épuisé par la toux.

Mais Chourik insistait, de plus en plus impérieux : dans leurs relations, aller jusqu'au bout.

Elle l'arrêtait, le suppliait. Elle lui cédait en ce qu'elle croyait pouvoir faire, mais il y avait tout de même des limites !

Encore que le *mariage*, est-ce que ça existait vraiment aujourd'hui ? C'était comme s'il n'y en avait plus. Ceux qui étaient d'accord allaient à l'état-civil, beaucoup n'en faisaient rien, se mettant ensemble ou se séparant sans passer par lui.

Seulement, Chourik exigeait : ou bien, ou bien ! Alors, la rupture.

Elle se sentait blessée par son intransigeance. Elle pleurait sur sa poitrine et lui demandait d'attendre.

---

nombreuses années en camps et relégations) : critiques littéraires et journalistes porteurs de diverses « déviations ». « Le Col (Péréval) » : groupement littéraire (1924-1932) inspiré par Voronski. *(NdT.)*

Non !

Mais sur *cela*, elle n'était pas prête à céder.

Et, par une de ces soirées torturantes, il rompit avec elle, brutalement et démonstrativement.

Et pendant les cours, ensuite, il l'évita avec indifférence.

Comme elle avait le cœur gros !

Elle l'aimait, l'admirait. Mais – ne pouvait pas...

Aurait-elle souffert longtemps ? À quoi cela aurait-il abouti ? Mais, à ce moment, son père en vint à toucher à sa fin.

Ces semaines, désormais comptées, qui précèdent la glaçante séparation, où le dernier fil unissant encore vos consciences et vos pensées glisse entre vos doigts attentifs, et vous restez *ici*, avec maman, tandis que lui, désormais, pour l'éternité...

Après les obsèques – sa mère était croyante, mais, dans une ville d'un quart de million d'âmes, il ne restait plus ni une église, ni un prêtre, pour ne pas parler des risques ! – c'est le moment du vide le plus total. Sa mère se rida, s'affaiblit, perdit toute vie. Les choses s'étaient faites si vite que Nastenka se sentit plus âgée, pour ainsi dire, plus responsable. Sa mère avait cessé d'être un guide pour elle.

Quant à Chourik, il avait comme tout coupé, plus un seul pas pour en revenir à leurs relations d'antan, un caractère d'acier.

À la fin de l'hiver, on procéda à la *répartition*, à présent c'était Nastenka elle-même qui faisait des pieds et des mains pour décrocher une place à Rostov. N'avoir pas à partir. Et elle y réussit.

Pour son dernier été, émue de se retrouver en face

des quarante petites têtes qui allaient lui échoir, elle travailla beaucoup à la bibliothèque : l'*Encyclopédie littéraire* (qui commençait à sortir) et la revue pédagogique de la Direction centrale de l'Éducation sociale de la RSFSR, et les revues contenant des articles de critique ; Nastenka, pour ainsi dire, comblait son retard en réétudiant ce qu'elle avait appris de Chourik – tout cela, en fait, était abondamment publié partout, il suffisait de trouver le temps et de faire des résumés de lecture.

Quant à Chourik, eh bien, Chourik était parti à jamais pour Moscou où on lui avait offert une place dans une rédaction.

Dans cette belle et lointaine Moscou aujourd'hui abandonnée pour toujours.

Mais son départ avait allégé l'atmosphère.

Pour se rendre à la bibliothèque, on pouvait ou bien suivre l'étroite petite rue Nikolaïevski qui plongeait dans le lit d'un ravin des temps anciens, ou bien la trouver tout près en traversant le parc municipal. Celui-ci était varié d'aspect : une allée centrale toute droite restant sur la hauteur et, sur chaque flanc, des descentes conduisant vers des squares avec parterres, jets d'eau ; des collines supportant, d'un côté, un pavillon où on donnait, l'été, des concerts symphoniques gratuits, de l'autre, un restaurant, d'été lui aussi, où jouait le soir un petit orchestre de musique légère et lancinante.

Nastenka avait un visage un peu large et une silhouette pas bien belle non plus, mais des yeux à l'éclat remarquable, et un sourire qui poignait les cœurs, on le lui avait dit et d'ailleurs elle le savait.

Du temps où elle était encore à l'institut, il y avait des soirées avec les garçons des autres facultés, et, s'ils arrivaient à se procurer des disques, ils dansaient des fox-trot et des tangos (certes condamnés, dehors, par l'opinion publique, mais bon, les danses, c'est nous que ça regarde !). À présent, en compagnie d'une ou deux amies restées à Rostov, elles allaient, le soir, au parc municipal : des jeunes gens de leur connaissance « dépareillaient » les couples d'amies, chacun emmenant sa chacune dans les sombres allées. (Oui, mais : une fois institutrice, fini ce genre de promenades.) Une chose l'étonnait, pourtant : tous les garçons sans exception faisaient preuve d'une grossièreté, d'une absence totale de sensibilité ; personne ne comprenait que le sentiment doit se développer avec lenteur ; prompt à la besogne, le bien trop connu « sans fleurette [1] » était devenu le procédé de tous, on répétait avec conviction : l'amour, c'est des « chichis bourgeois ». Dans une pièce récente, un des personnages s'exprimait ainsi : « J'ai besoin d'une femme, tu ne vas tout de même pas refuser de me rendre ce service en camarade, à la komsomol ? »

Non, Chourik n'était pas comme ça.

Mais cela, c'était bien fini.

Le temps filait. (« En avant, le temps ! », un roman [2] avait paru sous ce titre.) Le Plan quinquennal

1. Littéralement en russe : « sans merisier », c'est-à-dire « sans laisser aucune place aux sentiments », « en satisfaisant immédiatement un simple besoin physiologique ». Une nouvelle de Panteleïmon Romanov (1883-1938) avait paru sous ce titre en juin 1926 et causé un grand scandale. *(NdT.)*

2. De V. Kataïev, en 1932. *(NdT.)*

en Quatre ans[1] se déployait et tonitruait. Déjà, à l'Institut pédagogique, on leur inculquait que la littérature soviétique – et donc les enseignants – ne devaient pas prendre de retard sur les exigences de la Période de Reconstruction. Comme par un fait exprès, dans le mois où Nastia était sur le point de donner ses premiers cours, l'Association russe des Écrivains prolétariens publia ses décisions : sur la façon de présenter les héros en littérature et sur un appel aux travailleurs de choc des chantiers à entrer dans la littérature, à se faire eux-mêmes écrivains de façon qu'ainsi l'art ne prenne pas de retard par rapport aux exigences de la classe. Et un nouveau concept prit corps : la littérature de notre temps ne peut être représentée que par le journal ou l'affiche de propagande, et absolument pas par le roman.

Allons bon, un peu impétueux : le souffle lui manquait ; comment cela, pas le roman ? et les romans, qu'allait-on en faire ?

Tu dois aller vers les enfants, mais, dans le même temps, les recommandations de l'Éducation sociale : l'utilisation des fables de Krylov dans l'enceinte de l'école soviétique présente un indubitable danger pédagogique.

Anastassia[2] Dmitrievna se vit confier trois cin-

1. Le premier « Plan quinquennal de développement de l'économie nationale de l'URSS » fut lancé le 1er octobre 1928 et, après une intense propagande, réputé et proclamé achevé le 31 décembre 1932.

2. « Nastia » et « Nastenka » sont des diminutifs du prénom « Anastassia ». *(NdT.)*

quièmes groupes[1] d'enfants de douze ans et la charge de professeur principal dans le cinquième A.

Sa première classe ! Mais, pour les enfants, la première aussi : ils venaient de quitter les petits pour entrer dans le deuxième degré, quelle fierté ! Ce premier septembre fut une journée de soleil radieux. Un des parents avait apporté des fleurs dans la classe. Anastassia Dmitrievna portait elle-même une robe de tussor clair, les filles étaient en petites robes blanches, et beaucoup de garçons arboraient des chemises blanches. Et ces petits minois, ces yeux rayonnants étaient pénétrés d'allégresse : enfin, enfin, son rêve était réalisé et elle pouvait marcher dans le chemin emprunté par Maria Féofanovna... (Et aussi obtenir, en ce siècle de grossièreté, que ces gamins, en grandissant, deviennent de nobles hommes, pas comme ceux d'aujourd'hui.) Puisse-t-elle à présent, en beau coup, beaucoup de leçons déverser dans leurs têtes tout ce qu'elle avait conservé de la grande et généreuse littérature russe !

Mais on n'en prenait guère le chemin ! Aucune percée dans cette direction ne se laissait voir : tout le programme était réparti de façon rigide.

*Les grues qui grondent,*
*Fosses profondes*[2]*...*

1. À cette époque, les « classes » avaient été abolies et remplacées par des « groupes ». *(NdT.)*

2. Vers d'*Une nuit de tragédie* (1930), poème d'A. Bezymenski (1898-1973) sur le barrage du Dnepr. *(NdT.)*

et chaque cours pouvait voir apparaître un inspecteur envoyé par les autorités scolaires du rayon. Il fallait commencer par le Turksib[1], actuellement en voie d'achèvement, et faire apprendre par cœur comme les trains s'étaient élancés dans le désert,

*... de-ci de-là bougeant,*
*En effrayant bêtes et gens,*
*Les empêchant de traverser*
*En caravane et de passer.*

On devait continuer avec Magnitogorsk, puis la construction du grand barrage sur le Dnepr et le poème où Bezymenski ridiculisait un adolescent assassin, voué à sa perte, issu d'une classe sur le déclin. Plus un poème consacré à un jeune garçon indou qui avait entendu parler de Lénine, le guide lumineux de tous les opprimés de par le monde, et s'était rendu à pied chez lui, à Moscou, depuis l'Inde.

Sur ce, on mit en circulation un mot d'ordre : « démianiser » la littérature ; l'imprégner tout entière de l'esprit combatif de Démiane Bedny[2].

Et Anastassia Dmitrievna, dans son désarroi, ne voyait aucune possibilité de résistance. Comment prendre sur soi, d'ailleurs, de dissocier les enfants de l'époque dans laquelle il leur faudrait vivre ?

Une chance, pourtant, qu'ils soient élèves des

1. Voie ferrée unissant le Turkestan à la Sibérie (Tachkent-Sémipalatinsk), construite en 1928-1930. *(NdT.)*

2. Démiane Bedny [Iéfim Pridvorov] (1883-1945), poète célèbre pour ses fables, ses vers de mirliton au contenu politique, satirique et polémique ; connut ensuite la défaveur.

petites classes. La période critique actuelle allait passer, et ils auraient encore le temps, dans leur scolarité, d'en arriver aux classiques chers à son cœur. D'ailleurs, même aujourd'hui, Pouchkine n'avait pas encore été rayé entièrement :

*Tous sous un joug pesant jusqu'au tombeau croupissent ;*
*Nul n'ose caresser d'espoir ou de désir ;*
*Les filles en ces lieux fleurissent*
*Pour qu'un cruel gredin en fasse son plaisir*[1].

Elle le lisait à haute voix, s'efforçant de communiquer aux enfants toute cette douleur du poète, mais, voisinant avec le tintamarre des grues, les vers voguaient d'ailleurs, comme lointains.

Le repos venait seulement avec les leçons de russe à proprement parler : une matière franche, inébranlable et éternelle. Et pourtant ! Elle aussi, on cherchait à l'ébranler : que ne fourrait-on pas dans la nouvelle orthographe ! et les règles changeaient si vite qu'elle-même n'arrivait pas à les suivre.

Cependant, Nastenka enseignait tout ce fatras industrialo-quinquennal avec un tel dévouement à la sainte cause de la Littérature que les enfants l'aimaient, l'entouraient aux récréations, la regardaient avec reconnaissance. (Reflétant l'éclat de ses yeux immuablement brillants.)

Entre-temps, en ville, les magasins s'étaient vidés, toutes les boutiques privées avaient fermé. Au début,

1. Citation de la poésie « Campagne » (1819) ; traduction de Maurice Colin. *(NdT.)*

on parla de « difficultés avec la viande », ensuite « avec le sucre », et puis il n'y eut plus rien du tout et on instaura les cartes d'alimentation. (Les enseignants comptaient comme « employés », ce qui leur valait quatre cents grammes de pain ; sa mère, qui s'affaiblissait, entra à la manufacture de tabac pour avoir droit à la ration « ouvrière » : six cents grammes.) L'existence devint famélique, et aucun salaire ne permettait de s'approvisionner au marché. D'ailleurs, la milice dispersait les marchés.

On en finit même avec la *semaine*, si bien réglée : à présent, on imposait « les cinq jours continus », les membres d'une même famille avaient des jours de repos différents, le dimanche commun à tous fut liquidé. Le temps s'était lancé dans une telle course « en avant » qu'il en avait perdu son visage, cessant pour ainsi dire d'être.

La vie devenait de plus en plus féroce. Les tickets de pain donnèrent droit, en alternance, à deux cents ou trois cents grammes. La faim était une sensation permanente. Et dans les villages de la province, à ce qu'on disait, c'était la mort. Dans les rues de la ville, on trouvait des gens venus de là-bas et tombés d'inanition. Nastenka, pour sa part, n'avait jamais donné sur un cadavre, mais un jour frappa à leur porte une paysanne du Kouban, émaciée au dernier degré, tenant à peine sur ses jambes. Elles lui firent manger de leur brouet et l'autre raconta sans une larme qu'elle avait enterré ses trois enfants et s'était enfuie au hasard à travers la steppe, cherchant le salut. Le Kouban tout entier était encerclé par la troupe, on faisait la chasse aux fuyards et on leur faisait faire demi-tour. Cette femme avait réussi à se faufiler de nuit à travers le cordon, mais il était impossible de prendre le train, on attrapait les fuyards autour des gares et dans les wagons pour les refouler soit dans la zone vouée à la mort, soit en prison.

On ne pouvait quand même pas non plus la garder chez soi ?

Et elle repartit sur ses jambes flageolantes.

Sa mère dit :

— J'ai moi-même envie de mourir. Où tout cela nous mènera-t-il ?

Nastenka cherchait à l'encourager :

— Nous percerons bien jusqu'à la lumière, maman ! Car le communisme est comme le christianisme, il est fondé sur le même principe, ses voies seulement sont différentes.

En attendant, les cahiers d'écolier avaient disparu des magasins d'articles de bureau. Heureux qui en avait conservé dans ses réserves. Le cahier dit « à tous usages » de deux cents pages et relié en toile cirée, était devenu un incomparable trésor. À présent, les cahiers, rétrécis en largeur et fabriqués avec un papier grossier sur lequel la plume trébuchait, étaient répartis entre les écoles, délivrés à chaque écolier à raison de deux par trimestre, et cela pour toutes les matières ensemble. Et il fallait que les enfants s'arrangent pour diviser par matière ces cahiers parcimonieux et écrivent le plus petit possible, allez donc perfectionner ainsi votre écriture. Restait l'ardoise, et apprendre le plus possible par cœur. Certains parents se procuraient des formulaires, des bordereaux d'entrepôts, on écrivait au verso.

Quand on est un enfant, tout est facile. Ils continuaient de rire et de courir pendant les récréations. Mais toi-même, tout au long de cette année si pénible, comment avancer, comment mener filles et garçons jusqu'à des temps meilleurs, tout en sauvegardant en eux une fraîche perception du Pur et du Beau ? Comment leur apprendre, au milieu de la difformité présente, à discerner le bon droit et la nécessité de l'Ère nouvelle ? Nastenka se rappelait nettement l'enthousiasme de Chourik. Aujourd'hui encore, elle en éprouvait la contagion : en voilà un qui savait voir ! D'ailleurs, le poète l'a dit :

> *Supportant tout, il se fraiera sa voie,*
> *Et large et claire, et poitrine en avant*[1]...

Et n'était-il pas vrai que la littérature continuait aujourd'hui encore, que l'amour du peuple, de nos jours, avait précisément et très exactement repris les saintes traditions de Nékrassov, de Bélinski, de Dobrolioubov, de Tchernychevski ? Tous ces froids commentaires de Kogan-Fritsche ou les brûlants monologues de Chourik ne reposaient tout de même pas sur du vent ?

À bien y réfléchir, ce rayon de lumière dobrolioubovien, il n'avait jamais cessé de briller ! il avait pénétré jusqu'à notre époque – sa couleur seulement avait

---

1. Vers de N. Nékrassov dans *La Voie ferrée* (1864-1865) ; « il » est le peuple russe. *(NdT.)*

viré à l'écarlate brûlant ? Eh bien, aujourd'hui encore, il fallait savoir le discerner.

Mais elle lisait ensuite les instructions de l'Éducation sociale, particulièrement les articles d'Ossip Martynovitch Beskine[1], et le cœur lui manquait : l'artiste, dans son processus créatif, ne saurait se reposer sur l'intuition, il est tenu de contrôler sa perception des choses au moyen de la conscience de classe. Et ceci : ce qu'on est convenu d'appeler « chaleur humaine » est une crasseuse formule russouillarde, elle a servi de base au patriarcalisme asservissant.

La chaleur humaine ! c'est pourtant de cela qu'elle avait le plus envie !...

Le programme de l'année suivante était consacré au « fonds d'acier » de la littérature soviétique : *La Défaite*, *Pierres à aiguiser* (sur la collectivisation), *Le Ciment* (épouvantable, car on y proposait à des enfants de treize ans des scènes violentes de possession érotique[2]). Mais tout de même, c'était vrai, *Le Fleuve d'acier*[3] rendait avec un remarquable laconisme les actions de masse comme un tout ; rien de cela, semblait-il, n'existait encore dans la littérature russe ! Et le personnage de Robeïko, dans *La Semaine*[4], suscitait la compassion : surtendant sa gorge de tuber-

1. Critique littéraire marxiste, personnage important du Gosizdat [Les éditions d'État] (1892- ?). *(NdT.)*

2. Romans publiés respectivement en 1927, 1928-1937, 1925, par A. Fadeïev (1901-1956), F. Panfiorov (1896-1960), F. Gladkov (1883-1958). *(NdT.)*

3. Roman (1924) d'A. Sérafimovitch [Popov] (1863-1949). *(NdT.)*

4. Nouvelle (1922) de Iouri Libédinski (1898-1959). *(NdT.)*

culeux, il appelait les paysans à mettre à bas un bosquet qui appartenait au monastère, pour pouvoir, avec le bois de chauffage ainsi obtenu, alimenter la locomotive qui transporterait les semences jusqu'aux paysans. (Seulement voilà, l'année passée, ne leur avait-on pas confisqué ces mêmes semences ?)

Et chaque jour, ces quarante paires d'yeux enfantins fixées sur Anastassia Dmitrievna, était-il possible de ne pas soutenir leur foi ? Oui, mes enfants, des sacrifices sont inévitables, et toute la littérature russe n'exhorte-t-elle pas à l'esprit de sacrifice ? Voyez, ici ou là, la nuisance, mais notre élan industriel inouï nous apportera à tous un bonheur inouï. Et vous grandissez, vous aurez le temps d'en prendre votre part. Chaque épisode, même sombre, doit être considéré par vous comme l'a si justement exprimé le poète[1] :

*Il n'est pas inférieur à nos jours,*
*Et il suit notre voie royale,*
*Celui qui, dans tout détail, toujours,*
*Voit la révolution mondiale.*

Là-dessus, on supprima les manuels actuels, reconnus inexacts et en retard sur la réalité. Désormais, ils étaient imprimés sur des feuilles volantes, autrement dit pour un sujet contemporain et pour n'être utilisés que pendant le semestre en cours ; l'année suivante, ils étaient déjà périmés. Gorki publiait dans un journal l'article *Aux huma-*

1. A. Bezymenski, « À propos d'une chapka » (1923). *(NdT.)*

*nistes*[1], il les dénonçait, les maudissait, et cela entrait dans le prochain manuel « volant » : « Il est parfaitement naturel que le pouvoir ouvrier et paysan écrase ses ennemis comme des poux. »

L'effroi, la suffocation, le désarroi vous saisissaient. *Comment* proposer cela à des enfants ? Et *à quelle fin* ?

Mais Gorki est un grand écrivain, un classique russe lui aussi et une autorité mondiale, et est-ce que ton petit intellect minable peut discuter avec lui ? Eh bien, justement, à quelques lignes de là, il écrit à propos de ceux qui s'oublient, des nantis : « Que veut donc cette classe de dégénérés ? » C'est le moment de se rappeler : « Loin de ceux qui jubilent, qui bavardent sans rien faire »...[2] Et Tchekhov n'invitait-il pas à réveiller chaque jour avec un petit marteau notre conscience assoupie ?

Elle imagina de créer un cercle littéraire. S'y inscrivirent une dizaine d'élèves parmi les plus sensibles, les plus aimés – et, hors leçons, hors programme, Anastassia Dmitrievna les promena parmi ce que le dix-neuvième siècle avait de meilleur. Mais impossible de cacher le cercle aux yeux de la directrice des études (une femme acide qui enseignait l'instruction civique). L'affaire remonta au rayon, d'où redescendit une monitrice du cabinet de méthodologie qui assista, plantée comme un crapaud, aux séances du cercle. Et en brisa toute la fraîcheur, tout le sens,

1. *Pravda* et *Izvestia* du 11 décembre 1930. *(NdT.)*

2. Vers de N. Nékrassov, « Le chevalier d'une heure » (1860). *(NdT.)*

toute l'inspiration, à n'en pas reconnaître sa propre voix. Conclusions du crapaud : assez remâcher les classiques ! C'est un fait qu'ils détournent les élèves de la vie.

Ces années-là, le mot « fait » était devenu un des plus courants, il sonnait comme un argument irréfutable et tuait aussi bien qu'un coup de feu. (Elle aurait pu conclure de façon encore plus impitoyable : « Une *sortie* de l'ennemi de classe ! »)

Les séances au théâtre semblaient encore une échappée. À présent, on était passé de la semaine de cinq à celle de six jours, et chaque jour dont la date était divisible par 6 devenait congé pour tous, comme autrefois le dimanche. Ces jours-là, le théâtre donnait des matinées bon marché pour les écoliers. Les enfants, accompagnés de leur pédagogue, venaient de toute la ville. L'enchantement des lumières déclinant peu à peu, le rideau qui s'écarte, les silhouettes des acteurs qui passent et repassent sous les feux des projecteurs, leur aspect que souligne le grimage, leurs voix sonores, comme cela captive le cœur d'un enfant, quelle voie aussi menant à la littérature !

À la vérité, les spectacles étaient planifiés et obligatoires : *Lioubov Iarovaïa*[1] – la femme d'un officier blanc fait fusiller son mari, par idéologie, et plus d'une fois Kirchon[2] – *Les rails bourdonnent*, sur la nuisance des ingénieurs ; *Le Grain*, sur la haineuse résistance des koulaks et l'enthousiasme des paysans

1. Œuvre de K. Tréniov (1876-1945), jouée en 1926.
2. 1902-1938, fusillé ; la première pièce est de 1928, la seconde de 1930.

pauvres. (Mais il est vrai qu'on ne saurait non plus nier la lutte des classes et son rôle dans l'histoire.) Elle réussit à mener ses élèves voir *Intrigue et amour*, de Schiller. Et, reprenant au vol l'intérêt des enfants, Anastassia Dmitrievna organisa en 7e A une lecture de la pièce avec rôles distribués. Et le bon élève, tout maigre, aux cheveux rebelles qui lui tombaient de partout, imitant son acteur préféré, lisait d'une voix qui n'était plus la sienne, aux limites de ses possibilités : « Louise, as-tu aimé le maréchal ? Cette bougie n'aura pas le temps de s'éteindre que tu seras morte... » (Le même garçon représentait également la classe au conseil pédagogique de l'école en qualité de délégué des élèves, c'était la règle.) Cette pièce de Schiller était réputée à l'unisson de l'ère révolutionnaire, et elle ne lui valut pas de réprimande. Mais ils se mirent en tête de jouer quelque chose d'Ostrovski, et là, il fallut choisir avec une extrême attention.

Rostov-sur-le-Don fut proclamé « ville entièrement alphabétisée » (encore qu'il restât un nombre plus que suffisant d'analphabètes). Les écoles pratiquaient désormais la « méthode de brigade-laboratoire » : l'enseignant ne dirigeait pas la classe et ne mettait pas de notes individuelles. Les élèves étaient répartis en brigades de quatre ou cinq ; pour cela, les bancs étaient tournés dans divers sens, un membre de chaque brigade lisait à mi-voix quelque extrait du manuel sur feuilles volantes. Ensuite, l'enseignant demandait qui allait répondre pour toute la brigade. Et s'il répondait « satisfaisant » ou « très satisfaisant », c'est « S » ou « TS » qui était attribué à chaque membre de la brigade.

Ensuite survint un trimestre où ne parvinrent plus ni nouvelles feuilles volantes pour le manuel, ni programmes obligatoires. Leur absence plongea dans le désarroi jusqu'aux autorités scolaires de la ville : peut-être cela signifiait-il un *changement de ligne* ? Et on autorisa chacun, pour l'instant, à enseigner ce qu'il voudrait, sous sa responsabilité.

Du coup, leur directrice des études et instructrice civique se mit à enseigner dans les cinquième, sixième et septième groupes des extraits du *Capital*. Anastassia Dmitrievna, de son côté, pouvait donc choisir parmi les classiques russes ? Mais comment faire pour tomber juste, pour ne pas risquer de se tromper ? Dostoïevski, bien sûr, était impossible, un peu trop tôt pour eux, d'ailleurs. Pas de Leskov non plus, impossible. De même qu'Alexeï Tolstoï[1] – *La Mort du Terrible*, *Le Tsar Fiodor*. Et dans Pouchkine, naturellement, pas tout. Comme dans Lermontov, pas tout. (Et quand les enfants l'interrogèrent sur Iessénine, elle détourna la question et ne chercha pas à répondre, il était strictement interdit.)

Elle-même, d'ailleurs, avait perdu l'habitude d'une pareille liberté. Elle était devenue incapable d'exprimer les sentiments qu'elle éprouvait autrefois. La littérature russe, auparavant toute d'une pièce, lui paraissait maintenant comme lézardée après tout ce qu'elle-même avait lu, connu, appris à voir ces der-

1. Alexeï Konstantinovitch T., le poète du XIX^e s. auquel il est fait allusion au début du récit 2, p. 57, note. *(NdT.)*

nières années. Elle avait peur désormais de parler d'un auteur, d'un livre sans donner à ses propos un fondement de classe. Elle feuilletait alors Kogan et y trouvait « avec quelles idées cette œuvre est coopérative ».

Mais, dans le même temps, sortaient de nouveaux numéros des revues soviétiques, et les journaux décernaient des louanges à des œuvres nouvelles. Et le cœur lui manquait : impossible, vraiment, de laisser des adolescents prendre du retard, c'était tout de même dans ce monde-ci qu'ils allaient devoir vivre, il fallait les aider à y pénétrer.

Et elle recherchait elle-même ces nouveaux vers et récits loués, et les apportait à ses élèves. Tenez, enfants, voici le comble de l'abnégation en faveur du bien commun :

*Je ne veux plus de nom ; donnez-moi en échange*
*Une lettre, un surnom ou bien un numéro !*

Cela n'eut pas de succès. Ces jeunes cœurs, il fallait les enflammer avec quelque chose d'ailé, de romantique :

*Des chevaux frénétiques*
*Nous emportaient !*
*Sur la place publique*
*On nous massacrait !*
*Mais dans le sang, fiévreux,*
*Nous nous levions,*
*Mais nos aveugles yeux*
*Nous ouvrions !*

*... Pour que la terre austère*
*De sang ruisselle,*
*Sorte de l'ossuaire*
*La jeunesse nouvelle*[1] *!*

Et les yeux brillants, inspirés, des élèves étaient pour Anastassia Dmitrievna la meilleure des récompenses.

Pour sa propre existence, si peu réussie jusqu'à présent.

---

1. Vers d'Edouard Bagritski (1895-1934) dans le poème *Mort d'une pionnière* (1932). *(NdT.)*

# LA CONFITURE D'ABRICOTS

# 1

... Je suis tout assoti mais si je déraille en écrivant lisez quand même jusqu'au bout, ça sera pas du creux. Vous êtes un écrivain célèbre, à ce qu'on m'a dit. On m'a apporté de la bibliothèque un livre avec vos articles. (Chez nous, au village, j'ai fait toutes les classes de l'école.) J'en ai lu seulement quelques-uns, tous j'ai pas eu le temps. Vous dites là-dedans que le fondement du bonheur de chacun est notre agriculture collective et que le paysan traîne-misère roule maintenant en vélo. Vous dites encore que l'héroïsme est en train de devenir chez nous un fait de la vie quotidienne et que c'est le travail dans la société communiste qui donne à la vie son but et son sens. À quoi je vous répondrai, moi, que cet héroïsme et ce travail-là, ça n'est que de la boue, de la crotte qu'on engraisse avec notre sueur à nous en faire crever. Je ne sais pas où vous avez vu tout ce que vous dites, vous parlez aussi beaucoup de l'étranger, que ça y va si mal et que vous avez tant de fois saisi sur vous des regards d'envie : ah, c'est un Russe ! Eh bien moi aussi je suis un Russe, je m'appelle Fédia, Fiodor

Ivanytch si vous préférez, et je vais vous raconter ma vie.

De mémoire de famille nous avons toujours demeuré dans le village de Lébiaji Oussad, gouvernement de Koursk. Mais notre entendement de la vie, on nous l'a cassé net : on nous a qualifiés koulaks à cause du toit en tôle galvanisée, des quatre chevaux, des trois vaches et du beau jardin attenant à la maison. Il commençait, ce jardin, par un abricotier bien branchu qui amenait chaque année une masse d'abricots. Ce qu'on a pu grimper dessus avec mes petits frères ! On aimait les abricots par-dessus tous les fruits et jamais plus je n'en mangerai de pareils. Dans la petite logette bâtie dans la cour, où ma mère préparait le manger pendant l'été, elle faisait aussi de la confiture avec nos abricots, et mes frères et moi on se sucrait le museau avec l'écume. Mais quand les dékoulakiseurs ont cherché à nous faire dire où on avait du grain de caché, ils ont annoncé qu'autrement ils couperaient notre plus bel arbre... Et ils l'ont abattu.

Ensuite, toute notre famille et quelques autres avec, ils nous ont emmenés dans des chariots jusqu'à Belgorod et renfermés dans une église confisquée qui leur servait de prison. Les gens raflés dans de nombreux villages étaient entassés là, on avait pas la place de s'étendre par terre et pour manger c'était ce que l'un ou l'autre avait apporté de chez lui, on a eu aucune distribution. Le train pour nous évacuer a été mis à quai dans la gare à la tombée de la nuit, un grand pêle-mêle s'est produit à l'embarquement, l'escorte ne savait plus où donner de la tête, les lanternes valsaient. Alors mon père m'a dit : « Toi, au moins, file ! » Et j'ai réussi à me couler dans la foule. Tant qu'aux miens, ils sont partis dans la taïga, dans l'étouffe-vie : c'est tout ce que je sais d'eux.

Mais pour moi aussi, c'est une grande misère qui a commencé : où aller ? Impossible de retourner au village, et la ville avait beau être assez conséquente, elle n'avait pas de place pour moi. Où me cacher ? Qui m'aurait abrité dans sa maison, pour s'attirer du malheur ? Alors, quoique déjà grand, j'ai trouvé restance chez les enfants des rues. Ils avaient leurs refuges : dans des maisons en ruine, dans des hangars, sous des plaques d'égout. La police ne s'occupait pas de ces va-nu-pieds, vu qu'elle ne savait où les mettre : comment les prendre tous en charge ? Ils étaient en haillons, crasseux, la peau noire. Ils allaient un peu de cour en cour demander l'aumône. Mais faisaient surtout des coups culottés : une petite meute fonçait sur un marché, renversait les étals, bousculait les marchandes, qui raflant des provisions, qui coupant l'attache d'un sac à main, qui arrachant un cabas déjà rempli – et hop ! ils étaient loin. Ou bien ils faisaient irruption dans une cantine et couraient entre les tables en crachant dans les assiettes. Les gens qui n'avaient pas eu le temps de mettre la leur à l'abri s'arrêtaient souvent de manger : les guenilleux n'attendaient que ça pour tout engloutir. Ils volaient aussi à la gare, et ils se chauffaient auprès des goudronneuses. Seulement j'étais trop grand et fort, je me détachais au milieu d'eux : déjà plus un enfant et moins dépenaillé. J'aurais pu m'établir caïd, demeurer à l'abri et les envoyer en chasse, mais j'ai le cœur sensible.

Si bien que ça n'a pas traîné : une équipe opérationnelle du Guépéou m'a pêché au milieu de la bande, moi tout seul, et conduit en prison. Au début je leur ai pas livré mon penser : un prisonnier comme tout le monde, j'étais, et je leur servais différentes salades. Mais ils ont fini par m'avoir en m'encageant serré et en me laissant dévivre : j'ai vu que je tiendrais pas jusqu'au bout, mentir c'est comme tout, faut savoir le faire – et j'ai reconnu que j'étais fils de koulak. Ils m'ont gardé jusqu'à l'hiver. Et, en fin de compte, ils ont renoncé à m'expédier à la suite des miens : d'ailleurs, où retrouver trace de ma famille dévastée ? Tous les papiers avaient dû se mélanger. Ils m'ont donc donné ordre de me rendre à Dergatchi, près de Kharkov, et de présenter aux autorités locales mon certificat de remise en liberté. Comment j'irais jusque-là sans un sou en poche, ils se sont pas posé la question, ils m'ont seulement fait signer un papier : pas un mot à personne de ce que j'avais enduré et entendu durant les mois passés à la prison du Guépéou, sous peine d'être remis à l'ombre sans instruction ni jugement.

Une fois dehors, c'est le vide dans ma tête : à quoi raccrocher ma triste existence ? Et comment faire le voyage ? À moins que je file à nouveau, et le plus loin possible ? Mais voilà que deux femmes, une vieille et une jeune, débouchent de la première rue transversale, comme si elles me guettaient à sortir, et s'approchent de moi : est-ce que je ne viens pas d'être relâché par le Guépéou ? Je réponds que oui. Dans ce cas, est-ce que je n'ai pas vu telle personne ? Je dis qu'il n'était pas dans ma cellule, mais que des cellules il y en a beaucoup d'autres, et bondées. Là-dessus, la belle-mère me demande si j'ai faim. Je réponds que je commence à savoir vivre avec. Alors elles m'emmènent chez elles. Un logement humide en sous-sol. La belle-mère souffle un mot à la bru qui ressort, tandis que la vieille met à cuire pour moi trois pommes de terre. J'essaie de refuser : « Ça doit être les dernières que vous avez. » Mais elle : « Pour un prisonnier, manger est la première des choses. » Et de poser encore devant moi sur la table une bouteille d'huile de chanvre. Alors, tout en lui demandant pardon, je me suis mis à dévorer comme un loup affamé. Elle disait : « Nous vivons pauvrement, mais nous ne sommes tout de même pas en prison. Nourrir quelqu'un comme toi, c'est Dieu qui l'ordonne. Peut-être que quelqu'un nourrira comme ça un jour notre prisonnier à nous. » À ce moment, la plus jeune est revenue et m'a tendu un billet d'un rouble, plus deux roubles en petite monnaie : pour payer mon voyage. Elle n'avait pas réussi à récolter davantage, qu'elle disait. Moi, je ne voulais pas prendre l'argent, mais la vieille me l'a quand même fourré dans la poche.

Seulement, quand j'ai vu à la gare les sandwichs du buffet, tout le dedans m'en a langui. Qu'on ait le malheur de commencer à manger, on ne peut plus s'arrêter. Et j'ai croqué l'argent – de toute façon, le billet coûtait plus cher. Je me suis faufilé dans le train, la nuit, sans que personne me demande rien, mais, quelques gares passées, j'ai été repéré. En place de billet j'ai présenté au contrôleur mon certificat du

Guépéou. Ils se sont regardés avec le convoyeur du wagon, et le convoyeur m'a emmené dans son cagibi. « Tu as des poux ? » – « Est-ce que ça existe, je lui ai répondu, un prisonnier sans poux ? » Alors il m'a dit de me musser sous la banquette et de lui faire savoir à quelle gare il devrait me réveiller.

Dergatchi ne m'a rien laissé de bon dans le souvenir, je n'ai pas eu du tout à y vivre. Quand je me suis pointé au Soviet local, ils m'ont enregistré et, sans regarder que j'avais pas l'âge, ils m'ont dit d'aller immédiatement au bureau de recrutement de l'armée. Là, le docteur m'a inspecté jusqu'au bout des arteils et ensuite on m'a remis un livret de carton avec dessus un tampon de couleur grise : « A.T. ». Autrement dit : Armée Territoriale. Et on m'a envoyé à une autre adresse où un représentant du Service des constructions de l'U.L.V. – l'Usine de Locomotives à Vapeur de Kharkov – tenait bureau. Je lui ai dit que lors de la dékoulakisation on nous avait pris toute notre bonne vêture. Plus rien ne me tenait sur le corps : veston râpé, pantalon fait jadis à la maison, semelles des bottes toutes coupées au point que bientôt j'irais nu-pieds. Il a répondu que ça ne valait pas dispense. « Sur le front du travail on te fournira des vêtements de récupération, et des bottes également. »

Je me faisais encore l'idée que ça n'était pas pour durer : j'allais peut-être arriver à leur prouver mon âge, et alors mes souffrances seraient terminées. Mais eux me tenaient déjà sec et court, personne ne voulait m'écouter, allez où on vous dit, point final. Des baraquements avaient été construits pour les territoriaux près de l'U.L.V. : comme murs, deux cloisons de planches avec de la sciure de bois entre les deux. Là où une planche est mal ajustée, là où un nœud du bois s'est évidé, la sciure coule à terre et le vent entre comme il veut. On avait des matelas bourrés de copeaux et de petits oreillers de paille. Chaque baraquement comptait pour une section. On était quatre mille concentrés là : pour eux, un régiment. Pas de bains publics dans tout le camp, pas de buanderie et aucun équipement fourni aux arrivants : tout de suite en rangs et en avant marche pour le travail. U.L.V., disaient les hommes, ça se lit « User, Laminer, Vider ». Il s'agissait de creuser des fouilles pour la construction de trois ateliers : ils devaient je ne sais pourquoi être presque complètement enterrés, une fois terminés on verrait que les toits. On évacuait la terre sur des civières portées chacune par deux hommes et qui avançaient comme des tapis roulants sur toute l'étendue du chantier : on entre dans la fouille à la queue leu leu, nez à nuque, nez à nuque qui se balance, et tandis qu'on marche, chaque piocheur jette sur la civière une pelletée de terre. Le temps qu'on arrive au bout de notre rangée, la civière était si chargée qu'on ne pouvait plus la porter. Mais on se cramponnait. Le terrassement se poursuivait vingt-quatre heures sur vingt-quatre pour éviter que la terre gèle pendant la nuit, et des fois on nous rallongeait le temps de travail. La vie était réglée à la militaire, avec réveil, extinction des feux, rassemblement pour partir au travail sonnés au clairon. Le réfectoire, prévu pour 600 personnes, servait d'abord les ouvriers libres, au nombre de mille, et ensuite les 4 000 territoriaux – total, le matin était passé quand on prenait le petit déjeuner, et le déjeuner se trouvait repoussé pratiquement jusqu'au soir. Il arrivait aussi ça : on amène notre groupe pour le déjeuner – ah, le précédent n'a pas encore fini. Alors on bat la semelle devant le réfectoire, quelquefois sous des bourrasques de neige, et pour avoir quoi ? une lavasse à peine tiède. Et quand il gèle dehors, à la rentrée dans le baraquement les poux s'activent, on se met tous à les écraser. Plus rien ne nous était à gré dans cette vie. Celui qui n'était pas endurci, il s'effondrait.

Et, en plus du travail, il fallait subir les instructeurs politiques qui nous cornaient aux oreilles. Qu'on fasse le dos rond dans notre misère, ils ne le supportaient pas. Tantôt le soir, tantôt le jour de repos ils débarquaient dans notre section et nous gonflaient la tête avec leur idéologie, pour qu'on prenne conscience et compréhension de la nature du travail productif sous le Plan quinquennal en quatre ans. Et, au-dessus de tous les instructeurs, il y avait le commissaire du camp, Mamaïev, avec un insigne « membre du Vtsik[1] » en forme de petit drapeau et les quatre barres de colonel sur ses pattes de col noires.

Il y avait dans notre régiment des fils de nepmans : arrivés avec de grosses valises, chaudement vêtus, recevant des colis de chez eux. Il y avait de simples condamnés de droit commun, mais qu'on avait privés du droit de vote[2]. Et aussi des gens du pays, qu'on

1. Comité exécutif central de la Fédération de Russie. *(NdT.)*
2. Considérés comme « socialement proches » du pouvoir soviétique, les condamnés de droit commun n'étaient pas, en principe, privés du droit de vote. *(NdT.)*

laissait rentrer chez eux les jours de repos. Mais les plus nombreux c'étaient nous, les fils de koulaks, presque tous en haillons : ça partait sur nous en lambeaux, même si nos chefs faisaient mine de ne pas le voir. Mes deux coudes passaient à travers la chemise et le veston et l'un de mes genoux à travers la jambe de pantalon, quant à mes bottes elles n'avaient plus de nez, on voyait pointer les bandes de chiffon qui me servaient de chaussettes. La misère. Je m'entortillais les pieds dans des morceaux de sacs déchirés, quand j'en trouvais sur le chantier, et j'entourais tout ça de fil de fer.

Dans cette vie de galère la furonculose m'a pris, mais le médecin du camp me badigeonnait ça à la teinture d'iode et me renvoyait au travail. J'ai commencé à perdre mes forces, ce que j'allais devenir, ça me touchait plus, je sentais même plus rien : mon corps, on aurait dit celui d'un autre. La barbe me mangeait la face, je ne me rasais plus.

Et voilà qu'un soir le clairon sonne le rassemblement général. On se met tous en rangs dans le champ de neige derrière les baraquements. Alors on voit arriver le commissaire, revolver au côté, avec un certain nombre d'instructeurs politiques, plus un secrétaire porte-papier. Et le commissaire nous roule dessus une grande colère et nous remontre la situation en cours, vu laquelle à partir de maintenant plus de pitié pour les tire-au-flanc, ils pourront être jugés et passés par les armes. Ensuite il a parcouru les rangs en pointant le doigt sur l'un ou l'autre, et le secrétaire notait : telle section, telle compagnie. J'y ai eu droit : « Celui-ci également. » Le secrétaire m'a inscrit. Là-dessus, le rassemblement a été dispersé. Mais, le soir, le chef de section est arrivé dans notre baraquement : « Le commissaire t'a désigné en tant que simulateur pour travailler le jour de repos. Simulateur, je ne sais pas qui a été prétendre ça. J'ai bien dit à l'état-major que c'était faux, mais on ne m'a pas écouté, personne ne peut revenir sur le commissaire. Alors écoute, travaille ta journée de demain et on te mettra en douce de repos après-demain. »

On était en février. Il a passé dans la nuit une grosse tourmente de neige, ensuite une secouée de pluie, et au matin il gelait. Je me suis enveloppé les pieds de guenilles et j'y suis allé. Les onze que nous étions, on nous a envoyés travailler au dépôt de bois. Il y avait là un tas de longues perches : on nous a dit de les transporter à un autre endroit, à environ quarante mètres de distance. « Si vous avez terminé avant l'heure, vous retournerez dans vos baraquements, mais si vous n'avez pas fini ce soir, vous travaillerez pendant la nuit. » Moi, je n'ai rien dit : au point où j'en étais, tout m'était complètement, complètement égal. Mais les autres – tous des fils à papa, des garçons de la ville bien nourris et bien vêtus – ont mis en avant que c'était jour de repos : en conséquence, ils ne travailleraient pas. Le chef de section (ça n'était pas le mien) est parti rapporter ça à l'état-major, qui était loin. Il n'y avait qu'un seul routin frayé dans la neige, c'est donc par là qu'il s'en est allé et par là aussi que devait arriver l'orage. En attendant, moi, j'avais la faim au ventre et le vent glacé me transperçait jusqu'aux moelles. Alors je leur ai dit : « Faites comme vous voulez, les gars, mais moi je vais travailler, sinon j'en ai pas pour longtemps à tomber gelé. » L'un d'eux, un déluré, a bondi vers moi : « Tu es un provocateur, tu romps la solidarité ! » Moi : « Échangeons nos vêtements, veux-tu ? À ce moment-là je ne travaillerai pas. » Alors les autres : « Laisse-le travailler, va. Comme ça le chef verra de l'ouvrage fait quand il reviendra. » J'ai donc attrapé un pieu et j'ai commencé par dévirer les perches de la rangée du haut, qui étaient toutes soudées ensemble par le gel. Celles-là, je les ai accotées « en écluses » et j'ai commencé à faire dévaler les autres. Elles étaient couvertes de givre et roulaient bien. À travailler, j'ai même pris chaud.

Tout à coup, j'entends par-derrière des cris et des jurements terribles. C'est le commissaire qui arrive en traître par un autre côté : il fonce droit devant lui en pleine neige, suivi par le chef de section et quelques types de l'état-major. Les gars les attendaient à venir par le routin frayé et se sont laissé surprendre.

Le commissaire s'est mis à leur agiter son pistolet sous le nez et à les incendier en les bouffant des yeux : « Vous êtes tous arrêtés ! Salauds de bourgeois ! Au trou ! En conseil de guerre ! » Et on les a emmenés. Alors il m'a demandé : « Pourquoi es-tu si minable ? » – « Je suis un dékoulakisé, citoyen commissaire. » Il a pointé son gant de cuir noir sur mon genou à l'air : « Tu n'as donc pas de linge de corps ? » – « Si bien, citoyen commissaire, mais je n'ai pas de rechange. Et comme il n'y a pas de buanderie, mes affaires sont sales. À les porter tout le temps la peau me cuit, on dirait du caoutchouc ma chemise. Alors j'enfouis le tout dans la neige, sous le baraquement, pour que ça se désinfecte pendant la journée, et je le renfile pour dormir. » – « Et une couverture, tu en as une ? » – « Non, citoyen commissaire. » – « Bon, je t'accorde trois jours de repos. »

Après ça on m'a donné une couverture, deux changes de linge de corps, un pantalon ouatiné de deuxième main et des bottes neuves avec une semelle de bois impliable, pas facile de marcher avec sur du glissant.

Mais moi j'étais à bout, et furonculeux avec ça. Quelques jours plus tard je suis tombé évanoui en plein travail. J'ai repris mes sens à l'hôpital municipal. Le médecin m'a emmené avec lui dans le bureau du directeur : « Cet homme est tellement épuisé que si on n'améliore pas ses conditions de vie, je vous le garantis, il sera mort dans quinze jours. » À quoi le directeur a répondu : « Vous savez que nous n'avons pas de place pour des malades de ce type. »

Cependant on ne m'a pas encore porté sortant. Et je vous exprime ma situation : à qui écrire autrement ? Je n'ai point de famille ni aucun soutien de personne, et impossible, tout seul, de rien décrocher nulle part. On me tient en esclavage dans des conditions limites, et cette vie-là, j'en suis écœuré jusqu'à l'os. Ça vous coûterait peut-être pas trop de m'envoyer un colis de nourriture ? Je m'en remets à votre bon cœur...

# 2

Le professeur d'art cinématographique Vassili Kiprianovitch avait été prié par le célèbre Écrivain de lui donner une consultation sur les formes et les procédés propres au scénario de cinéma : l'Écrivain avait apparemment en tête un projet relevant de ce genre et désirait profiter d'une expérience déjà acquise. L'invitation était flatteuse et tandis qu'il s'y rendait, assis par une journée ensoleillée dans un train de la banlieue moscovite, le professeur se sentait d'excellente humeur. Il savait par quelles nouveautés dans l'art du scénario il étonnerait à coup sûr l'Écrivain, et cela l'intéressait de voir sa confortable datcha, habitable même en hiver. (Personnellement, il rêvait d'en avoir ne fût-ce qu'une petite et pour l'été seulement, mais il ne gagnait pas encore assez et chaque année, pour sauver sa famille de la touffeur moscovite, il était contraint de louer une maisonnette à quelquefois cent trente verstes de distance, à Taroussa par exemple, et d'y emporter par valises et paniers entiers, vu la disette générale, sucre, thé, biscuits, saucisse fumée et poitrine achetés chez Iélisseïev[1].)

Au fond de lui-même, Vassili Kiprianovitch ne respectait pas cet écrivain : du talent à en revendre, certes, une phrase charnue qui avait du poids – mais quel cynisme ! Outre ses romans, ses récits, ses pièces – une quinzaine, faibles du reste (sans compter des vaudevilles idiots traitant par exemple du rajeunissement des vieilles femmes délaissées) – , combien il produisait encore d'articles de journaux ! Et, dans chacun, le mensonge était là. Lorsqu'il parlait en public, ce qui n'était pas rare non plus, on était frappé par la fougue improvisatrice avec laquelle il vous servait, rehaussée de couleurs et bien charpentée, à sa manière hautement personnelle, la propagande imposée. On pouvait imaginer qu'il écrivait ses articles de la même façon : un coup de fil du Comité Central, et une demi-heure plus tard il dictait par téléphone un article passionné. Par exemple une lettre ouverte aux ouvriers américains : quel est ce mensonge qu'on dégoise sur l'URSS en prétendant que nous employons le travail forcé dans l'exploitation des forêts ? Ou bien ce rugissement de lion : « Libérez nos camarades noirs ! » (huit Noirs américains condamnés à mort pour des assassinats). À moins qu'il ne rêvât tout éveillé : nous ferons pousser des abricotiers à ciel ouvert à Leningrad et du froment d'Abyssinie dans les marais de Carélie. Toujours autorisé à se rendre en Europe, il écrivait sur Berlin

1. À peu près l'équivalent, pour un Moscovite, de ce qu'est Fauchon pour un Parisien. *(NdT.)*

et Paris toutes sortes de saletés, mais saupoudrées à chaque fois de détails convaincants, et il avait intitulé avec assurance « Orphée aux enfers » son entrée dans le Londres industriel. (Vassili Kiprianovitch aurait rêvé, lui, de recevoir un ordre de mission d'une semaine pour l'un de ces enfers.) Il était capable de publier un article sous le titre « J'appelle à la haine ! ». Et souvent il répondait aux questions des journaux avec une humilité évidemment feinte, disant qu'il n'embrassait toute la richesse des sujets de la littérature que depuis qu'il avait assimilé l'explication marxiste de l'Histoire, qui était pour lui de l'eau vive. Ou encore : nous autres écrivains, nous sommes dès à présent dépassés en savoir par la couche supérieure de l'intelligentsia ouvrière. Mais il se lançait aussi bien dans l'excès inverse : seul le sabotage des nuiseurs[1] a empêché jusqu'à présent notre littérature soviétique d'acquérir une stature mondiale, alors que les romanciers américains ne sont que des pickpockets de l'ancienne culture.

Cependant, à regarder les choses en face, qui aujourd'hui n'était pas vendu ? Toute l'idéologie et tout l'art étaient fondés là-dessus. Vassili Kiprianovitch employait lui-même dans ses cours ce genre d'expressions standard, car comment faire autrement ? Surtout, surtout quand on avait ne fût-ce qu'une petite tache dans sa biographie. Or l'Écrivain en avait une, et même une grosse, bien noire et grasse,

1. C'est dans toutes les branches de l'activité du pays que la marche triomphale vers le communisme était censée être freinée par le sabotage criminel des « nuiseurs ». *(NdT.)*

que tout le monde connaissait. Il s'était trompé pendant la Guerre civile : il avait émigré et publié là-bas des choses antisoviétiques ; mais il s'était repris à temps et avait ensuite travaillé énergiquement à mériter le droit de rentrer en URSS. Quant à Vassili Kiprianovitch, il portait la marque d'un petit fait presque effacé, mais qui constituait malgré tout une tache : il était originaire du Don [1]. Dans les questionnaires qu'il remplissait, il camouflait cela, bien qu'il n'eût jamais eu de lien avec le moindre Garde Blanc [2] et fût sincèrement libéral (comme son père l'avait été du temps des tsars, tout juge qu'il fût) ; mais le mot même de « Don » faisait peur. – On pouvait donc comprendre l'Écrivain, d'un point de vue politique. Oui, mais pas d'un point de vue esthétique : comment un homme de si grand talent pouvait-il manier ainsi le marteau-pilon ? Et avec un tel enthousiasme dans le style qu'on l'aurait dit emporté par une tempête de sincérité ?

La datcha de l'Écrivain était entourée d'une haute clôture de bois peinte en vert foncé, d'autant plus discrète au milieu des feuillages qu'on ne voyait pas encore la maison, construite tout au fond du terrain. Vassili Kiprianovitch sonna au portillon. Au bout d'un certain temps, un gardien vint ouvrir : pittoresque, tout à fait Ancien Régime avec sa splendide barbe blanchissante séparée en deux pointes – où

1. Patrie de l'une des plus célèbres armées blanches (les Cosaques du général Krasnov), la région passait pour un repaire de contre-révolutionnaires.

2. Terme par lequel on désignait, en Union soviétique, tous les combattants des armées blanches. *(NdT.)*

trouver ce type d'homme actuellement ? –, et solide vieillard avec ça. Il était prévenu et fit suivre au visiteur une allée sablée qui longeait des plates-bandes fleuries ; on y voyait aussi des roses : rouges, blanches, jaunes. Un peu plus loin s'élevait un boqueteau serré de pins aux troncs de bronze et aux hautes frondaisons. Tout au fond, des sapins noirs dominaient un banc de jardin.

Un air imprégné de résine. Un silence absolu. Oui, il faisait bon vivre ici ! (On disait que l'Écrivain entretenait également à Tsarskoïé Sélo un vieil hôtel particulier tout tarabiscoté.)

Le maître de maison en personne était descendu du premier étage jusque dans l'entrée : très bienveillant et, dès ses premiers mots et ses premiers gestes, chaudement hospitalier, d'une généreuse hospitalité russe qui n'était pas feinte. Il n'était pas encore gros, mais très ramassé, large de silhouette, avec un grand visage et de grandes oreilles. À la boutonnière de son veston, l'insigne de membre du Tsik [1].

Cet homme qui avait maintenant franchi la cinquantaine – occasion d'un somptueux jubilé – était, on le voyait, rassasié de succès et de gloire, et la simplicité de ses manières avait quelque chose de seigneurial. Il conduisit son hôte au premier, dans un cabinet spacieux et clair où un poêle revêtu de grands carreaux blancs donnait sûrement beaucoup de chaleur : on devait être bien, là, en hiver, à regarder la forêt enneigée. Un grand bureau en chêne sans livres ni papiers amoncelés, mais garni d'un encrier puis-

1. Comité exécutif central de l'URSS. *(NdT.)*

sant (il représentait le Kremlin : sans doute l'un des cadeaux du jubilé), et sur une tablette coulissante une machine à écrire ouverte avec une feuille insérée dedans. (Il expliqua qu'il tapait toujours directement à la machine, sans manuscrit préalable. Chose étrange : en dépit de sa silhouette massive, il avait une voix de ténor.)

Tous deux prirent place dans des fauteuils près d'un guéridon. Une grande porte vitrée laissait voir une terrasse. L'Écrivain fumait la pipe, un tabac parfumé de haute qualité. Ses cheveux plats, de couleur claire, n'étaient pas encore blancs, seulement à peine argentés sur les tempes, mais une large calvitie s'étendait jusqu'à l'occiput. Les sourcils pesaient un peu sur les yeux, tandis que le bas des joues et le menton, déjà ramollis, commençaient à s'affaisser.

La conversation fut très agréable et riche de contenu. L'Écrivain ne prenait pas de notes, mais il saisissait bien les choses et posait à bon escient des questions pertinentes.

Vassili Kiprianovitch exposa les différentes techniques de rédaction d'un scénario : le résumé avare, qui laisse pleine latitude au réalisateur ; la manière émotionnelle, dont le but principal est seulement de communiquer au réalisateur et au cameraman un certain état d'esprit ; et la manière visuelle détaillée, qui définit à l'avance les images à faire apparaître sur l'écran et même le procédé – panoramique ou changement de plan – par lequel on passera de l'une à l'autre. On voyait que l'Écrivain assimilait bien tout cela ; l'idée qu'un scénariste doit être constamment préoccupé du *geste* lui plut particulièrement.

— Oui ! acquiesça-t-il avec passion. C'est presque là l'essentiel. J'estime que le geste est toujours présent dans *chacune* de nos phrases, et parfois même dans tel ou tel mot. L'être humain n'arrête pas de gesticuler – en tout cas psychiquement, sinon physiquement. Et le geste est la première chose qu'exige de nous notre milieu social, quel qu'il soit.

On approchait de cinq heures du soir, et l'Écrivain invita le professeur à descendre prendre le thé. Ils regagnèrent le rez-de-chaussée et traversèrent le salon : meubles d'antiquaire, canapé sculpté, fauteuils, miroir au cadre chantourné et des copies de la « Petite fille aux pêches » de Sérov et du paysage de Monet où l'on voit une voile rose ; il y avait le même poêle revêtu de carreaux blancs qu'au premier étage : de toute évidence, on chauffait ici sans plaindre le bois. Et l'Écrivain ne put s'empêcher d'entraîner un instant son hôte dans les profondeurs de la maison pour lui faire naïvement admirer, à proximité de la salle à manger, cette remarquable nouveauté : un appareil électrique de réfrigération rapporté de Paris.

Là-dessus arriva – savait-il l'heure où l'on pouvait venir bavarder un moment ? – le critique Iéfim Martynovitch, qui habitait la datcha voisine. À côté de l'Écrivain racé, à la forte silhouette, sa petite taille lui donnait presque l'air d'un gnome, mais son air important ne le cédait en rien à celui du maître de maison.

Âgé d'une quarantaine d'années, il était plus jeune que Vassili Kiprianovitch lui-même, mais quelle carrière il avait faite ! Son nom grondait comme le tonnerre dans la littérature soviétique – ou plutôt avait grondé jusqu'à ces tout derniers temps : critique marxiste de choc, il était connu pour ses éreintements forcenés de certains écrivains et son ardeur claironnante à en porter d'autres aux nues. Dans un cas comme dans l'autre, il exigeait de l'auteur des conclusions combatives dans l'esprit de la lutte des classes – et il les obtenait. Il était partout. Enseignant à l'Institut du Professorat Rouge, dirigeant la section littéraire des Éditions d'État (c'est-à-dire qu'il dépendait de lui qu'un écrivain fût publié ou non) et gouvernant en même temps la maison d'édition Iskousstvo, collaborant enfin en qualité de rédacteur à deux revues littéraires, il concentrait purement et simplement entre ses mains toutes les rênes de la littérature, et l'avoir pour ennemi était dangereux. Il avait aussi sévi comme membre de la RAPP[1] et présidé à la mise à mort de l'école de Voronski et de celle de Péréverzev ; puis, la RAPP une fois dissoute – l'événement était tout récent –, il s'était reconverti à la vitesse de l'éclair dans la « consolidation des forces communistes sur le front littéraire ». Et le succès accompagnait si constamment chacune de ses entreprises qu'il s'était acheté dans le voisinage une datcha aussi belle, sans doute, que celle de l'Écrivain.

Vassili Kiprianovitch, qui avait bien sûr beaucoup entendu parler de lui, le voyait pour la première fois.

1. Association russe des écrivains prolétariens : 1928-1932. Le parti bolchevique s'est d'abord appuyé sur cette association pour liquider tous les autres groupements littéraires, avant de la dissoudre à son tour pour décréter la fondation de l'Union des écrivains. *(NdT.)*

– Un visage sans intellectualité, des yeux fureteurs, des cheveux tirant sur le roux. Malgré son complet de bonne qualité, quelqu'un qui le rencontrerait par hasard au milieu d'une société ne devinerait pas en lui un serviteur des Muses, mais penserait plutôt au directeur, heureux en affaires, d'un dépôt de produits manufacturés, ou, au plus, au chef comptable d'un trust. Cependant, attention : l'homme est à manier comme un rasoir bien aiguisé. Vassili Kiprianovitch est conscient que, si leurs chemins ne se sont pas croisés jusqu'ici, on ne saurait gager de l'avenir, et qu'il est bon pour lui que le critique l'ait trouvé aujourd'hui en visite chez l'Écrivain, et jouissant de ses bonnes grâces.

La femme de l'Écrivain était absente. Mais une bonne d'un certain âge, au visage de femme du peuple, avait dressé la table sous la véranda du rez-de-chaussée, face au chaud soleil déclinant. Tous trois prirent place dans de confortables fauteuils de rotin. Du pain blanc moelleux attendait, coupé en tranches, de recevoir beurre et fromage ; dans des coupes, deux sortes de gâteaux sablés et deux confitures : griottes et abricots.

Il n'y avait pas de vent. Là-haut, tout là-haut, les bonnets sombres qui couronnaient les longs troncs de bronze tordus étaient immobiles, immobile aussi chacune de leurs aiguilles. Et aucun bruit n'arrivait de nulle part.

Ce parfait isolement du monde était nourri de paix, d'un doux silence résineux.

Ils buvaient à petits coups le thé fraîchement infusé, d'une épaisse couleur brique, et leurs verres reposaient dans des supports ouvragés. Tout naturellement, la conversation aborda des sujets littéraires.

— Oui, soupira l'Écrivain, conscient de sa propre imperfection. Avec quelle force nous devrions écrire ! Avec quelle puissance ! Le peuple entier nous honore, le parti et le gouvernement ont l'œil sur nous, et nous sommes même l'objet de la haute attention du camarade Staline lui-même...

Ce dernier fragment n'était peut-être pas vraiment à sa place devant une table servie pour le thé ? Eh bien si : la mode commençait à s'instaurer de parler de la sorte jusque dans les réunions privées. Et la faveur particulière dont l'Écrivain jouissait auprès de Staline n'était un secret pour personne. Sans parler de ses étroites relations avec Gorki.

— ... Créer un art d'importance mondiale, telle est la tâche de l'écrivain contemporain. Le monde attend de notre littérature des modèles *architectoniques*.

Et ses mains – pas fortes, un peu dodues même, mais à l'agilité encore épargnée par les rhumatismes, montraient que cette envergure ne lui faisait pas peur. (Il ne pouvait quand même pas être affamé ? Il engloutissait pourtant les tartines presque d'une seule bouchée, les unes derrière les autres. On racontait qu'il improvisait des cours entiers : sur le pâté « koulibiak », sur l'esturgeon nommé sterlet...)

En tout cas, le sujet étant ainsi posé, le Critique ne pouvait pas ne pas intervenir !

— Oui, on attend de nous un réalisme monumental. C'est là un type de littérature, un genre totalement nouveau. L'épopée de la société sans classes, la littérature du héros positif.

Vassili Kiprianovitch sentait le doute l'envahir. Comment savoir, au fond ? Tout primitif que cela parût, peut-être la vérité était-elle là ? Ces termes rendaient certes à l'oreille un son barbare, mais il n'en était pas moins certain que jamais on ne reviendrait à la littérature d'avant. Oui, une Époque totalement nouvelle venait d'ouvrir ses larges portes, et, selon toute vraisemblance, la chose était désormais irréversible.

Sous cette véranda, à cette table, dans la douce lumière tiède qui jouait avec la couleur des confitures, on avait vraiment l'impression d'un ordre établi pour des siècles. La vie du pays, actuellement à la traîne, allait peu à peu rattraper le modèle et se polir pour lui ressembler. Mais, dès à présent, aucune des brutalités du monde extérieur ne pouvait arriver jusqu'ici, aucun des grondements ni des grincements du Plan quinquennal – déjà achevé, du reste, au bout de quatre ans et trois mois.

Et puis, enfin, y avait-il quelque chose de mal dans cet élan pour créer dans l'art des formes épiques ?

— Tenez, prenez la tragédie d'Anna Karénine, lançait maintenant l'Écrivain d'un geste généreux. De nos jours, ce n'est plus que du vide, impossible de rien en tirer : la roue d'une locomotive ne saurait résoudre la contradiction entre passion amoureuse et réprobation publique.

Mais le grand maître, justement, de la réprobation publique ne se montrait pas aujourd'hui le juge péremptoire et inexorable que peignaient ses anciens articles. Et puis, la manière large et convaincante de l'Écrivain lui faisait défaut. Il se contentait de soutenir une chose qui était vraiment, alors vraiment hors de doute : *Et l'acier fut trempé*[1], voilà le sommet de la nouvelle littérature, voilà l'époque nouvelle.

On voyait que l'Écrivain ne trouvait aucun plaisir à la compagnie du critique ; mais enfin bon, c'était son voisin, et puis il n'allait pas lui jeter la vérité en plein visage.

Sans engager la discussion sur *Et l'acier*..., il partit d'un autre côté en affirmant que toute innovation ne montrait pas nécessairement le chemin de l'avenir. Ainsi la RAPP, par exemple, qui donnait une telle impression de nouveauté, n'avait pas su être le haut-parleur des masses : elle en était restée séparée par un mur de dogmatisme.

Ah, touché ! Il venait d'atteindre – pour l'avoir bel et bien visée, semblait-il – une blessure toujours ouverte. Le critique se racornit d'un coup comme un champignon qu'on approche du feu. Quel courroux l'aurait soulevé un an auparavant ! Mais là, il ne fit que reculer à quatre pattes en protestant de sa voix un peu grinçante :

— La RAPP a quand même beaucoup donné à

1. Roman autobiographique de Nikolaï Ostrovski (1904-1936), authentique jeune prolétaire, combattant de l'armée Rouge, militant modèle du komsomol et du parti bolchevique. Son personnage central, Pavel Kortchaguine, allait être érigé en prototype du « héros positif » et devenir l'objet d'un véritable culte. La première partie du livre venait tout juste de paraître (revue *La Jeune Garde*, 1932). *(NdT.)*

notre culture prolétarienne. Elle l'a dotée d'une épine dorsale inflexible.

— Absolument pas ! En aucune façon ! » Et, tandis que l'Écrivain balayait ainsi l'objection d'un revers de main, on le sentait prêt à pouffer de rire devant le changement de son interlocuteur. « Ce n'est pas par hasard si des soupçons se font jour actuellement sur la direction de la RAPP : des nuiseurs s'y seraient infiltrés. »

Oh, oh ! Eh bien...

— Et ils auraient cherché un moyen habile de salir notre littérature. Tenez, moi, par exemple, ils me traînaient dans la boue en prétendant que j'étais réactionnaire et bourgeois, et même totalement dénué de talent. Or le critique...

Une pause. Ses yeux un peu exorbités fixés sur sa victime, il prenait son élan pour asséner un deuxième coup ? Non, il avait suffisamment d'humour. Il bifurqua, en y mettant même de l'inspiration :

— ... Le critique doit être l'ami de l'écrivain. Quand on écrit, il est important de savoir qu'on possède un tel ami. Et pas un Robespierre de la Convention des arts, qui fouille d'un regard proscripteur les replis secrets de votre cerveau dans le seul but de vous définir comme appartenant à telle classe, et qui se moque éperdument que vous écriviez avec une plume ou avec vos pieds.

Robespierre, c'était une attaque frontale. Oui, un virage répugnant avait cassé la marche de l'Époque, et cet Écrivain, un *compagnon de route* suspect, s'était installé on ne savait comment dans une position plus sûre. Il jouissait à présent d'une mystérieuse indépendance.

Avec un battement de ses paupières dépourvues de cils, Iéfim Martynovitch se recroquevilla encore un peu plus. Voyons, n'était-il pas un *ami* ? Il était justement venu s'enquérir de ce que l'Écrivain avait en train, et de ses plans de travail.

Admirable générosité d'une riche nature ! L'Écrivain avait déjà oublié qu'on lui eût fait du mal. Il révéla qu'il retravaillait la seconde partie de sa trilogie sur la Guerre civile :

— Je ne montrais pas suffisamment le rôle organisateur du parti. Il faut que je crée et ajoute un caractère de bolchevik courageux et discipliné. Est-on le maître de son cœur ? Dans le mien, c'est vrai, la Russie a elle aussi sa place. Et c'est pour cela que je n'ai pas tout compris immédiatement, que je n'ai pas accepté tout de suite la Révolution d'Octobre. Une erreur cruelle. Et quelles années pénibles là-bas, à l'étranger !

Et l'aisance avec laquelle il disait tout cela de sa vibrante voix de ténor, dans un charmant élan de sincérité généreuse, rendait encore plus palpable la solidité de sa position au centre de la littérature soviétique. (Du reste, Gorki lui-même ne s'était-il pas cruellement trompé et n'avait-il pas émigré ?)

— Et qui peut oser parler d'un manque de liberté pour nos écrivains ? Lorsque j'écris, j'y vais à pleins bras comme le faucheur de Koltsov, je me lance à corps perdu.

Et on le croyait. Ces paroles venaient du cœur. Ah, quel homme sympathique !

Sur sa tête noble, la calvitie avait un éclat honnête et convaincant.

La seule chose qu'on n'arrivait pas à saisir, c'était qu'il pût considérer la couche supérieure de l'intelligentsia ouvrière comme mieux informée que lui.

— Mais, en littérature, l'invention est parfois supérieure à la vérité. On peut mettre dans la bouche des personnages des paroles qu'ils n'ont jamais prononcées – et ce sera une révélation encore plus forte que la vérité nue, ce sera une fête de l'art ! Lorsque j'écris, je pénètre en imagination dans l'esprit du lecteur et je vois avec netteté *de quoi* il a besoin *exactement*.

Il était lancé et, s'adressant presque au seul Vassili Kiprianovitch, avec sympathie :

— La langue d'une œuvre, mais c'est tout, purement et simplement ! Si Léon Tolstoï avait eu la pensée aussi claire que le camarade Staline, il ne se serait pas empêtré dans de longues phrases. Comment se rapprocher de la langue du peuple ? Tourgueniev lui-même écrit un français déguisé. Quant aux symbolistes, ils lorgnent ouvertement vers la structure française du langage. Je vous avoue qu'en dix-neuf cent dix-sept – encore bohème, coiffé pour épater le bourgeois, mais au fond timide –, j'ai connu une crise littéraire. Je voyais que je ne possédais pas vraiment le russe. Que je ne sentais pas le mode exact d'expression à choisir pour chaque phrase. Et vous savez ce qui m'a sorti de l'impasse ? La lecture des actes judiciaires du XVII^e^ et des siècles précédents. Pendant les interrogatoires et les séances de torture, les officiers de justice notaient avec exactitude et concision les paroles des accusés. Tandis que le malheureux recevait le knout, souffrait sur le chevalet ou qu'on promenait sur lui un faisceau de branches enflammées, ce qui s'échappait de sa poitrine était une langue absolument dépouillée, qui lui sortait des tripes. Et ça, c'est une nouveauté fumante ! Voici déjà mille ans que les Russes parlent cette langue-là, mais aucun écrivain ne l'a encore utilisée. Tenez », et il faisait tomber à la petite cuiller dans une soucoupe de verre le jus épais de la confiture d'abricots, « c'est cet ambre transparent, c'est cette couleur et cette lumière inattendues qu'il faudrait pouvoir retrouver dans la langue littéraire.

Dans la coupe de cristal, chacun des abricots reposait lui aussi comme un concentré de soleil. La confiture de griottes avait bien, de son côté, sa teinte à elle, énigmatique, imperceptiblement distincte du bordeaux foncé – mais non, aucune comparaison avec les abricots.

— Et je vous dirai que même de nos jours, il émerge de temps à autre des profondeurs du public une lettre écrite dans une langue intacte. J'en ai reçu une dernièrement de l'un des bâtisseurs de l'usine de Kharkov. Quelle manière personnelle, mais qui en même temps s'impose, d'assembler les mots ! À faire pâlir d'envie un écrivain ! « Il nous a roulé dessus une grande colère... » « Elles me guettaient à sortir... » « J'ai trouvé restance... » Pas mal, hein ? Seule une oreille qui n'est pas encombrée de culture livresque peut vous suggérer ces choses-là. Et le vocabulaire est de la même veine, à s'en lécher les doigts : « je suis tout assoti », « on m'a laissé dévivre », « un routin frayé dans la neige », « une secouée de pluie »... Ce ne sont pas des choses qu'on peut inventer, quand bien même on avalerait sa plume, comme disait Nékrassov. Lorsque quelqu'un vous fournit des tournures pareilles, il faut les recueillir à pleines mains...

— Vous répondez à ces gens-là ? s'enquit Vassili Kiprianovitch.

— À quoi bon répondre ? L'important n'est pas là. Ce qui compte, c'est la trouvaille linguistique.

# Table

# La littérature russe dans Le Livre de Poche

## MIKHAÏL BOULGAKOV

*Cœur de chien* n° 3314

Un professeur greffe sur un chien ramassé dans les rues de Moscou l'hypophyse d'un individu qui vient de mourir. L'animal se métamorphose alors en un petit homme ivrogne, grossier et méchant... et, pire ! homme de parti.

*Récits d'un jeune médecin* n° 3254

Tandis que dans les grands centres urbains la révolution bouleverse la vie et les mentalités, dans les profondeurs du pays un jeune médecin consacre ses forces à lutter contre le fatalisme et la résignation ambiants. Sept nouvelles racontent avec brio l'ordinaire de sa vie, où le pathétique sans cesse côtoie le drame, mais aussi, parfois, le grotesque et la farce.

*J'ai tué...* n° 3108

38 nouvelles. Les thèmes : l'amour, la mort, la femme...

## IVAN BOUNINE

*Les Allées sombres* n° 3132

« N'allez pas croire que Bounine soit un rêveur impénitent, un romantique ! Ses héros sont des hommes qui aiment les femmes charnellement, violemment, animalement, parfois jusqu'au viol. [...] Cet érotisme, si rare dans la grande littérature russe, est délibéré. »

## FÉDOR DOSTOÏEVSKI

*Crime et châtiment* n° 3110

Un homme extraordinaire a-t-il le droit de tuer une repoussante vieille usurière afin de pouvoir, par ce crime, améliorer le sort de l'humanité ? En tuant, ne risque-t-il pas de se tuer aux yeux des autres ?

*L'Éternel Mari* n° 353

Accablé de soucis d'argent, n'ayant le goût à rien, Veltchaninov est poursuivi par un homme en deuil. Troussotzky a perdu sa femme. Pour Dostoïevski, toute faute doit être expiée, le péché engendre la maladie et la folie.

*Les Frères Karamazov* n° 4626

Féodor Karamazov est assassiné. Ses trois fils ont pu le tuer, tous ont au moins désiré sa mort. Drame familial, drame de la conscience humaine, interrogations sur la raison d'être de l'homme, tableau de la misère, de l'orgueil, de l'innocence, de la Russie au lendemain des réformes de 1860... le chef-d'œuvre de Dostoïevski.

*L'Idiot* n° 4627

Le prince Muichkine est idiot de naissance parce que, incapable d'agir, il est infiniment bon. Projeté dans un monde cupide, arriviste et passionnel, il l'illumine de son regard.

*Le Joueur* n° 388

Alexis Ivanovitch joue d'abord pour gagner, puis pour étonner, enfin pour espérer. Il n'a pas misé seulement de l'argent mais sa vie elle-même. Jouer, c'est tenter le diable, c'est aussi tenter Dieu.

*Les Possédés* n° 695

Stavroguine envoûte tous ceux qui l'approchent. Il ne trouve de limite à son immense orgueil que dans l'existence de Dieu. Il la nie et tombe dans l'absurdité de la liberté pour un homme seul et sans raison d'être.

## VLADIMIR FÉDOROVSKI

*Le Roman de la Russie insolite* n° 30750

Un livre inattendu, celui de l'âme slave, qui s'articule autour de trois femmes d'exception : Alexandra Fedorovna, la dernière tsarine, Inès Armand, l'égérie française de Lénine, et Catherine L., une célèbre espionne.

*Le Roman de Saint-Pétersbourg* n° 15610

À l'occasion du tricentenaire de Saint-Pétersbourg, Vladimir Fédorovski met en scène les grands moments de l'histoire sentimentale de cette ville insolite créée par la seule volonté de Pierre le Grand au bord de la Néva. Les tsars et tsarines mais aussi les grands artistes et hommes de lettres russes et occidentaux sont les personnages de ce roman vrai.

*Le Roman du Kremlin* n° 30387

Symbole du pouvoir absolu des tsars puis des dirigeants communistes, le Kremlin n'a cessé de fasciner et d'inquiéter. C'est qu'il est, depuis toujours, un lieu de mystères.

*Les Tsarines* n° 30531

En Russie, l'influence des femmes en politique a pris racine dans une étonnante tradition historique devenue un véritable phénomène de civilisation. Celles que l'on a coutume d'appeler les « Tsarines » voient leur influence prendre corps au XVIII^e siècle. L'époque contemporaine a perpétué cette tradition.

## NIKOLAÏ GOGOL

*Les Nouvelles de Pétersbourg* n° 9630

Saint-Pétersbourg est pour Gogol l'occasion de voyages fantastiques, au sens le plus large du terme. C'est la ville des rencontres inopinées. Chacun peut y tomber sur des voleurs (« Le Manteau »), sur un tableau énigmatique (« Le Portrait »), sur deux chiens qui parlent (« Journal d'un fou »), ou encore... sur son propre nez, déguisé en conseiller d'État (« Le Nez »).

## GONTCHAROV

*Oblomov* n° 3315

Oblomov ? D'abord un mythe littéraire aussi vivant et emblématique en Russie que Don Juan, Don Quichotte ou Faust pour le reste du monde. L'oblomovisme ? Une manière d'être, de penser, d'imaginer et surtout de patienter. En un mot, une manière slave de vivre. Oblomov, dans le moelleux de sa vieille robe de chambre orientale, est un propriétaire terrien. Un personnage qui laisse passer le temps.

## VASSILI GROSSMAN

*Vie et destin* n° 30321

Roman-fresque, composé dans les années 1950, qui fait revivre l'URSS en guerre à travers le destin d'une famille, dont les membres nous amènent tour à tour dans Stalingrad assiégée, dans les laboratoires de recherche scientifique, dans la vie ordinaire du peuple russe, et jusqu'à Treblinka sur les pas de l'Armée rouge.

## DIMITRI MEREJKOVSKI

*Le Roman de Léonard de Vinci* n° 30511

Comment Léonard de Vinci est-il devenu l'incarnation du génie créateur ? Comment a-t-il vécu, aimé, souffert ? Dimitri Merejkovski nous entraîne dans l'intimité d'un homme pour lequel le talent, perçu comme un don de Dieu, est un véritable sacerdoce, qu'il assume de toute son âme, refusant les facilités de l'argent et des vanités.

## VLADIMIR NABOKOV

*Littératures 2* n° 4083

Les classiques de la littérature russe du XIXe siècle expliqués, commentés, discutés par un génie de la littérature contemporaine. Pour découvrir et redécouvrir Gogol, Tourgueniev, Dostoïevski, Tolstoï, Tchekhov et Gorki.

## ALEXANDRE POUCHKINE

*La Dame de pique* n° 6214

Un jeune homme tue sans le vouloir une vieille comtesse à qui il aurait souhaité arracher le secret qui permet de gagner au jeu. Sa conscience le harcèle, et la morte revient, car si la dame de pique est bien une carte, elle reste aussi une figure de femme... Cinq nouvelles, cinq miniatures écrites en moins d'un mois.

*La Fille du capitaine* n° 21021

À l'âge de seize ans, sur ordre de son père, Griniov gagne le fort de Bélogorsk où il va servir et devenir officier. Son existence devient vite plaisante, en particulier grâce à la présence de Maria Ivanovna, la fille du capitaine.

## ANTON TCHEKHOV

*Nouvelles* La Pochothèque

Tchekhov est l'un des maîtres de ce genre difficile entre tous : la nouvelle. À travers tous ces textes, circule une qualité à la fois humaine et littéraire que jamais auteur n'a mieux maniée que Tchekhov : *la compassion.*

*La Cerisaie* n° 1090

La propriété a beau représenter pour Lioubov son enfance et le souvenir d'une vie de nonchalance, Lopakhine, ancien serf devenu marchand, l'achètera. En 1904, c'est la fin du monde aristocratique et l'entrée triomphante d'une classe d'entrepreneurs que Tchekhov met en scène.

*La Mouette* n° 6123

« Mon père et ma mère ne veulent pas que je vienne ici. Ils disent que c'est la bohème ici... ils ont peur que je devienne actrice... Mais je suis attirée par ce lac comme une mouette... »

*Oncle Vania* n° 6251

L'hiver à la campagne, le thé à sept heures du matin, les soirées interminables, le dégoût des autres et surtout de soi-même... L'ennui est là, qui les engloutira tous. Dans un dernier sursaut, ils sortent la tête, essaient de haïr, d'aimer, de tuer, de se tuer... Ils n'en ont plus la force, ni l'envie.

*La Steppe* n° 13651

Iêgorouchka n'a pas encore dix ans lorsqu'il entreprend au cœur de l'été son premier grand voyage. Et ce sera pour lui la découverte émerveillée de la steppe russe.

*Les Trois Sœurs* n° 6701

Dans une ville de province, trois sœurs s'ennuient, mais espèrent : Moscou, le retour de l'enfance, la vraie vie... Tout est encore possible. La vie s'écoule, sans événement.

## LÉON TOLSTOÏ

*Anna Karénine* n° 3141

Anna est une femme dotée d'un sens moral entier, tout d'un bloc. Elle n'est pas, comme Emma Bovary, une rêveuse de province. Anna donne à Vronski toute sa vie. Elle part vivre avec lui, bien que cette liaison « notoire » la stigmatise, aux yeux du monde immoral dans lequel elle évolue, comme une femme immorale.

*Guerre et paix* nos 1016 et 1019

Au son des cloches et du canon, on y côtoie des armées entières, des personnages historiques – Napoléon, Koutozov, Alexandre –, et des êtres sortis de l'imagination de Tolstoï : le prince André, Pierre Bézoukhov, Natacha, l'adorable pécheresse...

*La Mort d'Ivan Illitch* n° 3958

Trois nouvelles, six morts exemplaires, dont celle d'Ivan Illitch, l'agonie la plus célèbre de la littérature.

## IVAN TOURGUENIEV

*Le Journal d'un homme de trop* n° 14946

Un homme, encore jeune et malade, s'éteint peu à peu. Il emploie ses dernières forces à noter l'imminence de sa disparition tout en se remémorant les moments importants de sa vie. Ainsi se dessine le tableau d'une société russe provinciale, parsemé d'événements romanesques, tels qu'un amour contrarié, un bal ou un duel.

*Premier amour* n° 497

Réunis un soir, des amis se racontent leur premier amour. Dans la maison voisine, une princesse, jeune fille à la Tourgueniev, délicieuse, pure et volontaire, s'amuse de ses soupirants jusqu'au jour où elle-même succombe à l'amour.

## MARINA TSVETAEVA

*Le Diable et autres récits* n° 3239

C'est en France, dans les années 1930, que Marina Tsvetaeva écrivit les trois textes composant ce recueil. Trois textes qui livrent le motif obsédant de la vie de Tsvetaeva, dominée par les trois M : la Mort, la Mère, les Mots.

*Vivre dans le feu (Confessions)* n° 3446

Une véritable autobiographie présentée par Tzvetan Todorov, ainsi qu'une méditation unique sur la création, la vie des femmes et une époque en bouleversement.

*Du même auteur :*

Une journée d'Ivan Dénissovitch, *Julliard, 1963*
La Maison de Matriona, *suivi de* L'Inconnu de Kretchétovka *et de* Pour le bien de la cause, *Julliard, 1966*
Le Pavillon des Cancéreux, *Julliard, 1968*
Le Premier Cercle, *Laffont, 1968*
Les Droits de l'écrivain, *Seuil, 1969*
Zacharie l'Escarcelle et autres récits, *Julliard, 1970*
La Fille d'Amour et l'Innocent, théâtre, *Laffont, 1971*
Août quatorze (première version), *Seuil, 1972*
Lettre aux dirigeants de l'Union soviétique, *Seuil, 1974*
L'Archipel du Goulag, I et II, *Seuil, 1974,* III, *Seuil, 1976*
Le Chêne et le Veau, *Seuil, 1975*
Lénine à Zurich, *Seuil, 1975*
Flamme au vent, *Seuil, 1977*
Le Déclin du Courage, *Seuil, 1978*
Message d'exil, *Seuil, 1979*
L'Erreur de l'Occident, *Grasset, 1980*
Les Tanks connaissent la vérité, *Fayard, 1982*
Les Pluralistes, *Fayard, 1983*
Comment réaménager notre Russie ?, *Fayard, 1990*
Les Invisibles, *Fayard, 1992*
Le « problème russe » à la fin du XX^e^ siècle, *Fayard, 1994*
Ego *suivi de* Sur le fil, *Fayard, 1995.*

Dans la série des Œuvres en version définitive :

Tome 1. Le Premier Cercle (version définitive), *Fayard, 1982*
Tome 2. Le Pavillon des Cancéreux et autres récits, *Fayard, 1983*
Tome 3. Œuvres dramatiques, *Fayard, 1986*
Tome 4. L'Archipel du Goulag, I, édition nouvelle revue et augmentée par l'auteur, *Fayard, 1991*

La Roue rouge, *Premier nœud*, Août quatorze, *Fayard, 1984*
La Roue rouge, *Deuxième nœud*, Novembre seize, *Fayard, 1985*
La Roue rouge, *Troisième nœud*, Mars dix-sept
Tome 1, Chapitres 1-170, *Fayard, 1992*
Tome 2, Chapitres 171-353, *Fayard, 1993*

Composition réalisée par PCA

Achevé d'imprimer en janvier 2008 en Espagne par
LIBERDUPLEX
Sant Llorenç d'Hortons (08791)
Dépôt légal 1re publication : janvier 2008
N° d'éditeur : 94480
Librairie Générale Française – 31, rue de Fleurus – 75278 Paris Cedex 06

31/1842/9